Yu-Gi-Oh!

de kazuki takahashi

C'EST L'HEURE DU DUEL !

Le jeune Yûgi se découvre un double puissant
lorsqu'il réussit à recomposer le puzzle millénaire.
Leur objectif sera de faire triompher la justice par les cartes !
Les cartes du destin ne sont pas celles que l'on croit...

Blue Dragon

Ral Ω Grad

Scénario
Tsuneo Takano
Dessins
Takeshi Obata

Le changement

3

L'HISTOIRE ET LES PERSONNAGES

RAL

C'est un jeune homme qui renferme en son corps Grad, un kage dragon. Il a passé 18 ans dans une geôle... À sa libération, il se passionne pour le corps de son professeur Mio et pour celui des femmes en général. Dès lors, il décide de combattre les kages pour protéger la gent féminine.

MIO

Elle est l'éducatrice de Ral. Pendant les dix-huit années de captivité de Ral, elle a tissé un lien fort avec ce garçon. Sa connaissance du monde des kages sera mise à contribution au cours du long voyage qui doit conduire nos héros jusqu'au but visé, tuer la reine Obscuria.

Qu'est-ce qu'un kage ?

Il s'agit d'un monstre maléfique sans forme qui apparait dans un monde sans lumière et qui parasite les êtres vivants dans le monde de la Lumière.
Les kages se répartissent en quatre catégories :

- Les firsts
- Les seconds
- Les thirds
- Les friends

GRAD

Également appelé Delire Monster Blue Dragon, il est particulièrement redouté à cause de sa puissance qui dépasse celle de ses congénères. Il n'est pas du type parasite et appartient à la classe à part appelée "friend".

Résumé :
Les maléfiques kages menacent les hommes vivant dans le monde de la Lumière. Face à ce péril, le roi du château de Supherite libère Ral, un dangereux garçon qu'il a tenu enfermé pendant 18 ans avec son kage dragon. À sa libération, Ral se distingue en éliminant les mauvais kages, puis décide de partir pour un long périple dans le dessein de tuer Obscuria, la reine des kages !

LA REINE OBSCURIA
Il s'agit de la reine des kages. Elle apprécie la beauté et s'entoure de belles femmes afin de les parasiter. Elle aspire la salive de ses victimes pour embellir. Aussi change-t-elle régulièrement de femme...

AIA
Une jeune fille qui a connu la captivité comme Ral.

KURUKURU
Le kage d'Aia, qui excelle dans l'espionnage.

KAFKA
Un chevalier connu sous le nom de "dompteur de fleurs".

LISE
Le kage de Kafka doué pour la protection.

SUNSU
Un jeune garçon qui fait équipe avec Ral pour délivrer sa sœur kidnappée par les kages.

GENSUI
Le kage de Sunsu qui puise sa force dans la mer.

GANETTE
Un guerrier invincible qui s'est lancé dans le même périple pour tuer Obscuria.

GAILA
Le kage de Ganette qui cherche des âmes courageuses.

SENOLE

LEELA

Blue Dragon

Ral Ω Grad

SOMMAIRE

LE CHANGEMENT

3

HE HE HE...
BLUE DRAGON, JE T'AI EU !!

CHAPITRE 16 LA CONTRARIÉTÉ
Délire
MONSTRE

CAUTION!

Blue Dragon

Ral Ω Grad

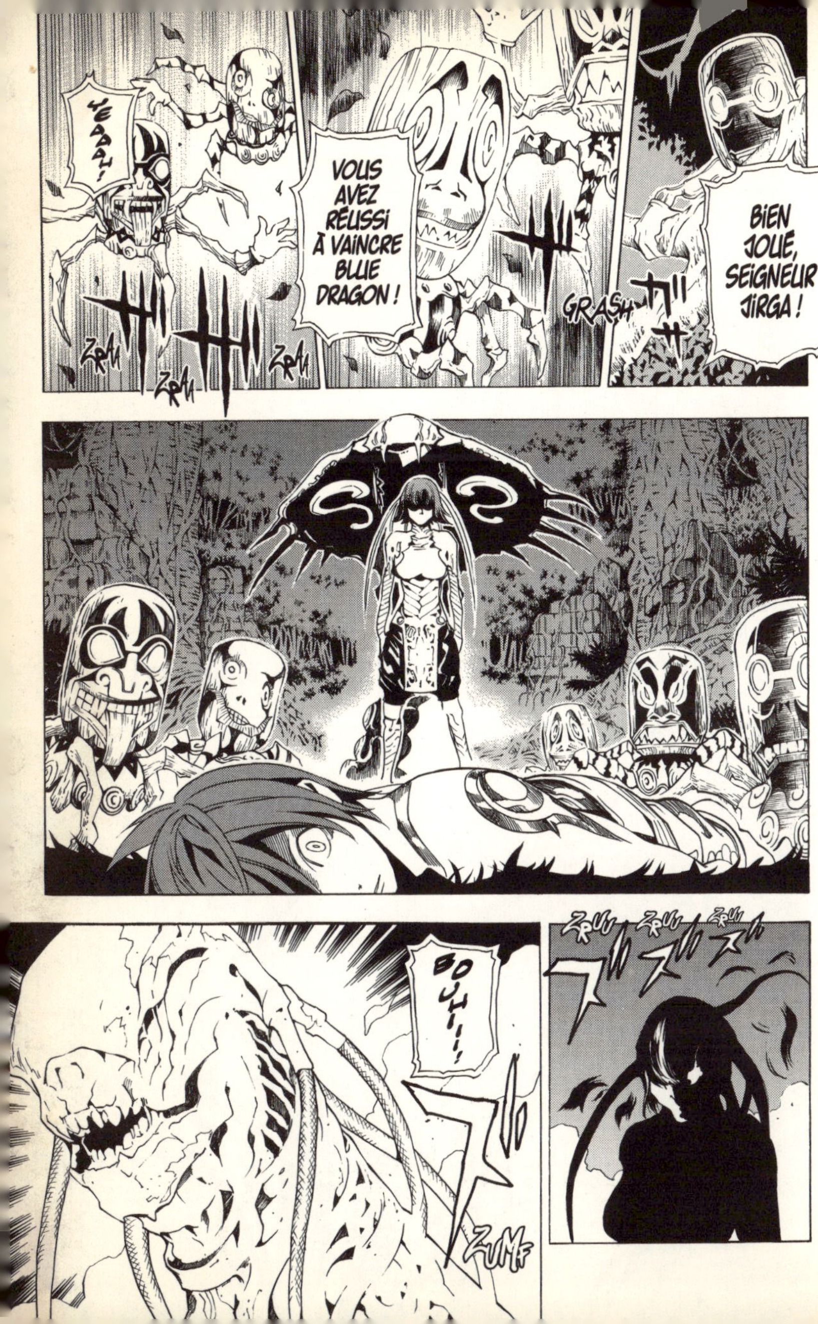
BIEN JOUÉ, SEIGNEUR JIRGA !
GRASH
VOUS AVEZ RÉUSSI À VAINCRE BLUE DRAGON !
YEAAAH !
ZRAA
ZRAA
ZRAA
ZRUU
ZRUU
ZRUU
BOUHH...!
ZUMF

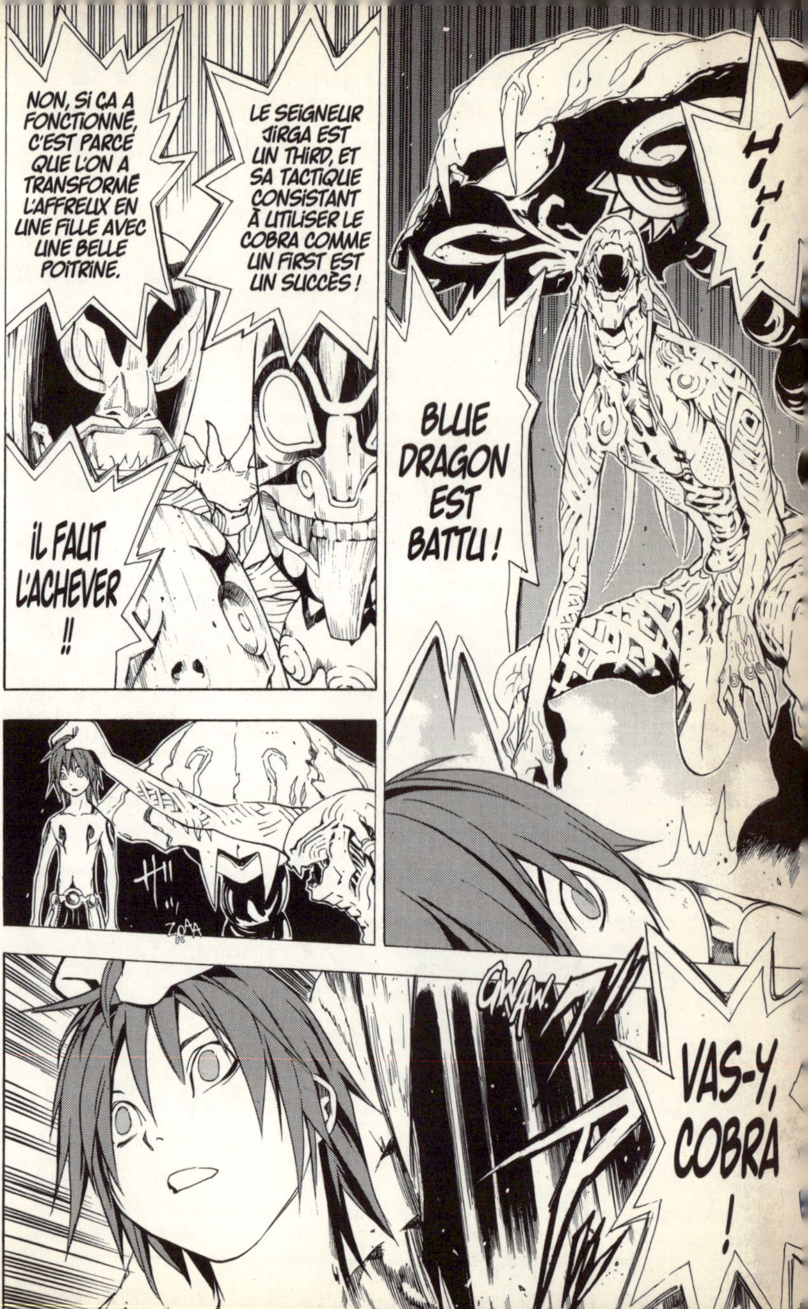
HIIII!!
BLUE DRAGON EST BATTU !
LE SEIGNEUR JIRGA EST UN THIRD, ET SA TACTIQUE CONSISTANT À UTILISER LE COBRA COMME UN FIRST EST UN SUCCÈS !
NON, SI ÇA A FONCTIONNÉ, C'EST PARCE QUE L'ON A TRANSFORMÉ L'AFFREUX EN UNE FILLE AVEC UNE BELLE POITRINE.
IL FAUT L'ACHEVER !!
HI!
ZRAA
GWAW
VAS-Y, COBRA !

HYUN
ADIOS.
ZRAASH
ZRUU ZRUU ZRUU ZRUU
ZDOOOM
QU'EST-CE QUE C'EST ?!
ZRAASH

VLASH
バシュッ
ZRUUM
ズズ…ン
MAIS, CET ENDROIT...
ZAM

SEIGNEUR GANETTE, "ADIOS" C'EST RINGARD, NON ?
J'AI DU MAL À SAISIR L'INTÉRÊT QUE VOUS PORTEZ À UN TEL PERSONNAGE.
ON S'EN FICHE, LEELA, DÉPÊCHE-TOI.
NOUS ÉTIONS POURTANT CONVENUS QUE, LORSQUE VOUS UTILISERIEZ LE POUVOIR DU VAMPIRE BRATZ, VOUS UTILISERIEZ VOTRE SANG.
ZRUSH
SCROC
URH...

...
QUI C'EST ?
QUI...?
OH NON ! ON L'EMMÈNE ?!
JE NE VEUX PAS DE CE MACAQUE !
LE DRAGON VIENT DE SAUVER SA PEAU.
PWERK
ALORS ?
ON VERRA...

FLAF
CESSE DE GEINDRE, JE JOUERAI AVEC TOI APRÈS.
... AH, VRAIMENT ?!
GRISH
GRISH
KLINK
BWOF
!
...
HYUUU

ZAM
RAL !
HEIN ?!
Ai.
FLAF
TU T'APPELLES KAFKA ?
EXACT...
JE N'AI PAS RÊVE, GANETTE SE FAIT ACCOMPAGNER PAR DEUX FEMMES...

QUOI ?!
RAL EST MORT ?!
ドッ
SPLAF
ザッ
CETTE FILLE ÉTAIT UN THIRD PORTANT EN ELLE LE MONSTRE SERPENT ROISELD.
SON VENIN LUI A ÉTÉ FATAL.
NE T'INQUIÈTE PAS, ON A FAIT CE QUE L'ON POUVAIT POUR LUI EXTIRPER LE POISON.
UN HUMAIN SERAIT DÉJÀ MORT. MAIS JE PENSE QUE LE DRAGON QU'IL A EN LUI, LUI SAUVERA LA VIE.
COMME C'EST AIMABLE À TOI !
J'EN AI PROFITÉ POUR TUER LES CINQ KAGES.
D'AUTRES VONT CERTAINEMENT ARRIVER.
VOUS N'AUREZ AUCUNE CHANCE CONTRE EUX.
...
MAIS ?!

JE TE RECONNAIS, TU ES SUNSU ? QUE FAIS-TU LÀ ?
ÇA VA DE SOI ! J'SUIS VENU TUER OBSCURIA !!
ET COMMENT COMPTES-TU T'Y PRENDRE ?
HA HA !
IL RESTE SÉRIEUX MÊME DEVANT UN GAMIN...
...
MOI... MOI AUSSI, J'AI UN KAGE !!
AH BON ?
QUEL GENRE DE KAGE ?
JE NE LE MONTRE PAS À N'IMPORTE QUI !

JE VEUX QU'ON SE BATTE, ICI ET MAINTENANT !!
SI TU SORS TON KAGE, JE TE MONTRERAI LE MIEN !!
SUNSU, LAISSE TOMBER.
SEIGNEUR GANETTE...
... NOUS N'AVONS QU'UN SEUL OBJECTIF : TUER OBSCURIA ET RENDRE LA LUMIÈRE À CE MONDE.
LE DESTIN A FAIT SE CROISER NOS CHEMINS. VOUDRAIS-TU QUE NOUS POURSUIVIONS ENSEMBLE CE PÉRIPLE ?
...
BLUE DRAGON ET CHAÎNE LORD...
NON, J'AI PAS ENVIE.

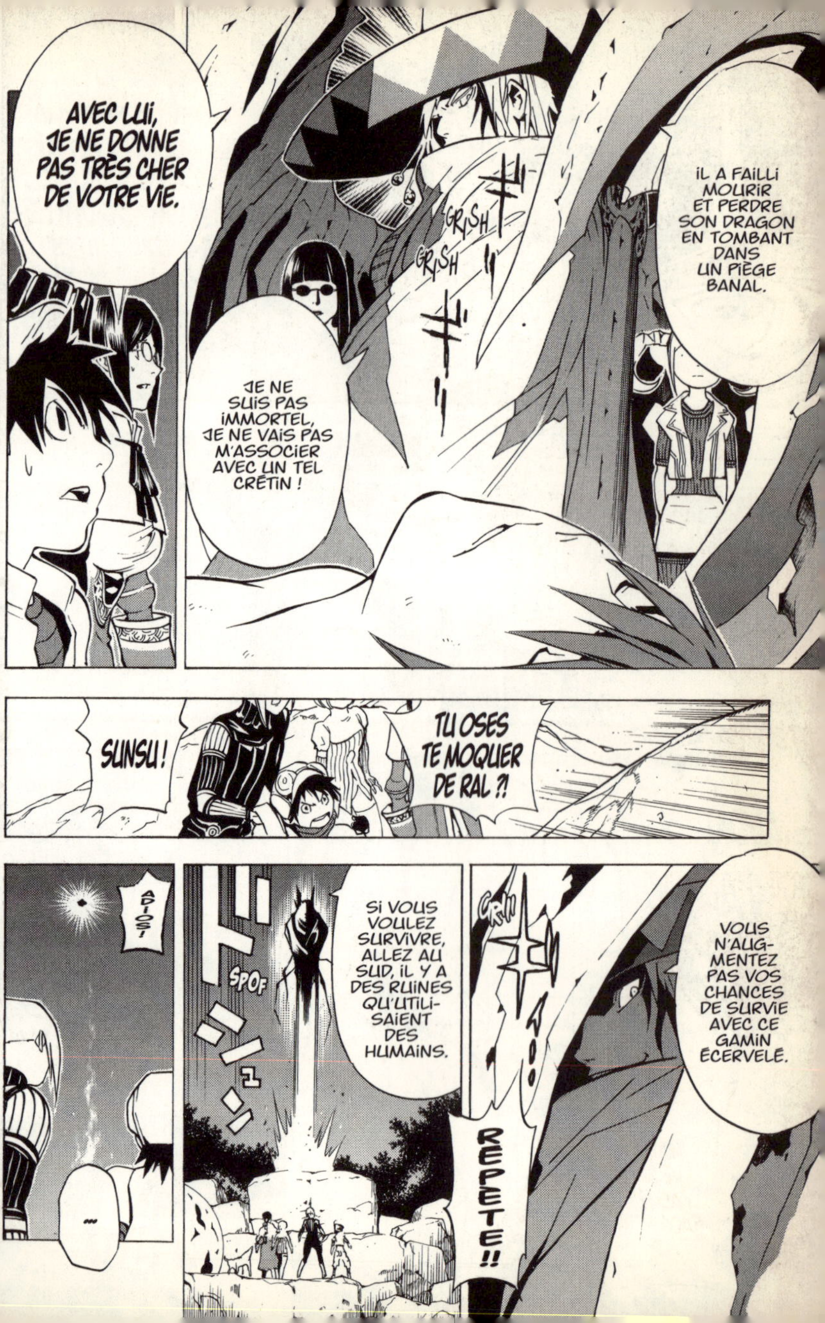
IL A FAILLI MOURIR ET PERDRE SON DRAGON EN TOMBANT DANS UN PIÈGE BANAL.
GRISH
GRISH
JE NE SUIS PAS IMMORTEL, JE NE VAIS PAS M'ASSOCIER AVEC UN TEL CRÉTIN !
AVEC LUI, JE NE DONNE PAS TRÈS CHER DE VOTRE VIE.
TU OSES TE MOQUER DE RAL ?!
SUNSU !
VOUS N'AUGMENTEZ PAS VOS CHANCES DE SURVIE AVEC CE GAMIN ÉCERVELÉ.
REPETE !!
SI VOUS VOULEZ SURVIVRE, ALLEZ AU SUD, IL Y A DES RUINES QU'UTILISAIENT DES HUMAINS.
SPOF
ADIOS !
...

PROFESSEUR MIO.
TU VAS MIEUX ?
OÙ SUIS-JE ?
NOUS SOMMES EN SÉCURITÉ, TU PEUX TE REPOSER.
PROFESSEUR MIO !
QUE S'EST-IL PASSÉ ?
...
TU NE VEUX PAS ME RACONTER ?!

UN TIGRE BLANC ?!
J'AI... ETE... SAUVÉ PAR GANETTE ?
ET ENSUITE ?
RAL !
ALLEZ, RACONTE-MOI TOUT !
QU'EST-CE QU'IL A FAIT ?!
IL A DIT QUELQUE CHOSE ?!
GANETTE A RECONNU SUNSU ET S'EST MOQUÉ DE LUI. IL A DOUTÉ DE SES CAPACITÉS À COMBATTRE.
SUNSU A MÊME VOULU LE DÉFIER AVEC SON KAGE.
HEUREUSEMENT, KAFKA L'EN A DISSUADÉ.
SUNSU.

IL A FAILLI MOURIR ET PERDRE SON DRAGON EN TOMBANT DANS UN PIÈGE BANAL.
JE NE SUIS PAS IMMORTEL, JE NE VAIS PAS M'ASSOCIER AVEC UN TEL CRÉTIN.
PAS TRÈS CHER DE VOTRE VIE...
AVEC LUI, JE NE DONNE PAS TRÈS CHER DE VOTRE VIE.
POUR L'INSTANT, JE TE CONSEILLE DE TE REPOSER.
J'AI COMPRIS.

RAL, OÙ VAS-TU ?! TU NE DOIS PAS...
STAP
RAL !
J'VAIS ME PROMENER.
TU ES CAPABLE DE SORTIR GRAD ?
PAS ENCORE.
ALORS, REPOSE-TOI, C'EST TROP DANGEREUX.
JE VAIS PRENDRE NUI AVEC MOI.
HIER, J'AI FAIT UNE BÊTISE, MAIS JE NE SUIS PAS STUPIDE AU POINT D'AFFRONTER UN KAGE À MAINS NUES.

GENSUI POURRA NOUS ÊTRE UTILE EN CAS DE PÉPIN.
!
SUNSU AUSSI VA M'ACCOMPAGNER.
JE REVIENS RAPIDEMENT.
SUNSU, ON Y VA.
...
FLUF FLUF FLUF
WAW ! NUI AGITE LA QUEUE !
RAL, OÙ NOUS EMMÈNES-TU ?
JE CROIS QUE LA FORÊT N'EST PAS TRÈS SÛRE...
?
C'EST JUSTEMENT CE QUE J'ESPÉRAIS.
CE N'EST PAS ICI.
FRAF
ÇA CRAINT PAR ICI !

UWAW...
UN CADAVRE DE KAGE ?
NE T'INQUIÈTE PAS, C'EST À CEUX-LÀ QUE NUI VIENT DE RÉAGIR.
CE SONT CEUX QUE GANETTE A TUÉS HIER.
SUNSU, TU VEUX DEVENIR FORT, N'EST-CE PAS ?
HEIN ?
OUI, BIEN SÛR !

ALORS, DEMANDE À GENSUI DE LES MANGER !
!
...
RAL, TU PLAISANTES ...?
LE KAGE EST PEUT-ÊTRE MORT, MAIS CERTAINES CELLULES SONT VIVANTES.
DEUX JOURS ?! NON, C'EST TROP LONG !
TOC
TOC
OÙ EST-IL PARTI ? IL N'ÉTAIT PAS ENCORE RÉTABLI...
!
NUI !
IL EST ARRIVE MALHEUR À RAL ?!
ALLONS-Y.
AI !

ZDOO ZDOO
ÉCOUTE-MOI, TA SŒUR A DISPARU LE MATIN DU DÉPART DE GANETTE.
ELLE EST TOUJOURS VIVANTE !
ELLE N'A PAS ENCORE ÉTÉ SACRIFIÉE PAR OBSCURIA. ALORS, NE PERDS PAS ESPOIR !
GROO- GROO GROO GROO- GROO GROO-
ALLEZ, SUNSU, RELÈVE-TOI !!
SUNSU, ON VA TE RENDRE FORT !
OUIIII !!

ON VA DÉJOUER LES PLANS DE GANETTE !
RAAA
YEEEES !
AAAAAAH !
JE COMPRENDS MIEUX...
RAL, SUNSU ...
MIO, ÇA TE REND TRISTE ?
NON, NON.

Blue Dragon
Ral Ω Grad

MIO, VOICI TON TRAVAIL À PARTIR D'AUJOURD'HUI.
TU VAS T'OCCUPER D'UN ENFANT QUI POSSÈDE UN KAGE DRAGON. IL EST TRÈS DANGEREUX. TU NE DOIS SURTOUT PAS L'EXPOSER À LA LUMIÈRE.
MIO, JE TE CONFIE MON FILS.
OUI.
RAL...
BONJOUR, RAL.
JE M'APPELLE MIO.
À PARTIR D'AUJOURD'HUI, JE SUIS TON...
RAL ?
CHAPITRE 17 LA CONFESSION

VLAF
RAL !
CHAPITRE 17 LA CONFESSION
RAL...
OÙ EST PASSÉ RAL ?
HUM ?
MIO, Y A UN SOUCI ?
TCHIP
TCHIP
OUI...
RAL, C'EST LE MATIN.
OUI, J'AI VU... ET ?
LE VENIN DU COBRA EST PRESQUE ÉLIMINÉ, ON VA POUVOIR PARTIR.
...

FUH FUH FUH...
FUH FUH FUH FUH...
ZWAW
ZWAW
JIRGA ET LES AUTRES SE SONT FAIT TUER...
POURTANT JIRGA AVAIT SON COBRA.
ILS ÉTAIENT SÛRS D'EUX, ILS SONT VRAIMENT NULS.
BIEN FAIT !
UN DRAGON, DISAIS-TU ?
BLORP
JE N'EN SUIS PAS CERTAIN.

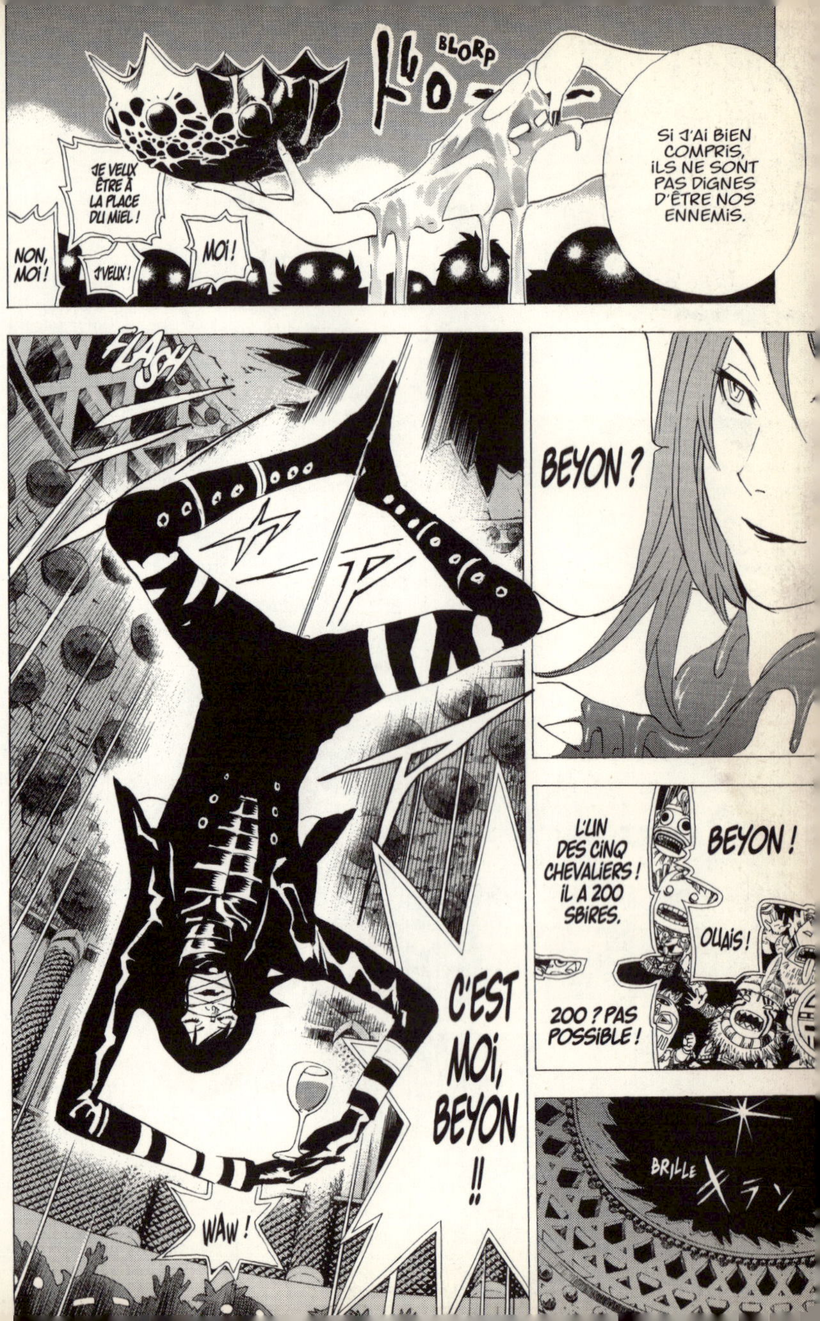

BLORP
SI J'AI BIEN COMPRIS, ILS NE SONT PAS DIGNES D'ÊTRE NOS ENNEMIS.
JE VEUX ÊTRE À LA PLACE DU MIEL !
MOI !
J'VEUX !
NON, MOI !
BEYON ?
FLASH
C'EST MOI, BEYON !!
WAW !
BEYON !
L'UN DES CINQ CHEVALIERS ! IL A 200 SBIRES.
OUAIS !
200 ? PAS POSSIBLE !
BRILLE

TU VEUX BIEN TISSER UNE TOILE ?
JE PEUX LE FAIRE ?
JE VOUS DÉBARRASSE DE VOS ENNEMIS, MAIS, EN CONTREPARTIE, JE...
Klink
OUI, JE LE SAIS...
FUH FUH FUH.
... ON PARTAGERA LE MÊME VERRE POUR FÊTER LA VICTOIRE ET...
FUH FUH FUH.
... TU ME LIGOTERAS AVEC LES FILS QUE TU SORS DE TON DERRIÈRE.
HYUN
HYUN
HYUN
VOUS NE SEREZ PAS DÉÇUE.
IL EST ATTACHÉ !
REINE BIRA, VOTRE SOUTIEN-GORGE...
... C'EST UNE TAILLE M OU S ?
IL EST INCROYABLE !

Y A PLEIN DE SEIGNEURS BEYON !
C'EST UNE ILLUSION, ABRUTI !
ZRAA
MAGNIFIQUE !
OUI, SUBLIME !
C'EST UN MÂLE, MAIS IL EST SUBLIME.
GÉNIAL DE L'AVOIR À NOS CÔTÉS.
VLAF
JE NE PENSAIS VRAIMENT PAS FAIRE APPEL À LUI.
CETTE HISTOIRE COMMENCE À M'INTÉRESSER.

...
POURQUOi NE M'EN AVEZ-VOUS PAS PARLÉ AVANT ?
GANETTE NOUS A LAISSÉ UNE CARTE ?
QUOi ?!
SI NOUS L'AVIONS FAIT, TU N'AURAIS PAS ATTENDU D'ÊTRE RÉTABLI POUR AGIR.
HUM... DE LA PART DE RAL, C'EST POSSIBLE.
ET... COMMENT FAIT-ON POUR LA LIRE ?
iL FAUT PROBA-BLE-MENT...
OUi.
iL L'A LAiSSÉE EN NOUS DiSANT "ADiOS".
ET, C'EST TOUT ?
"ADiOS" ? ÇA N'A PAS DÛ PLAIRE À SUNSU.

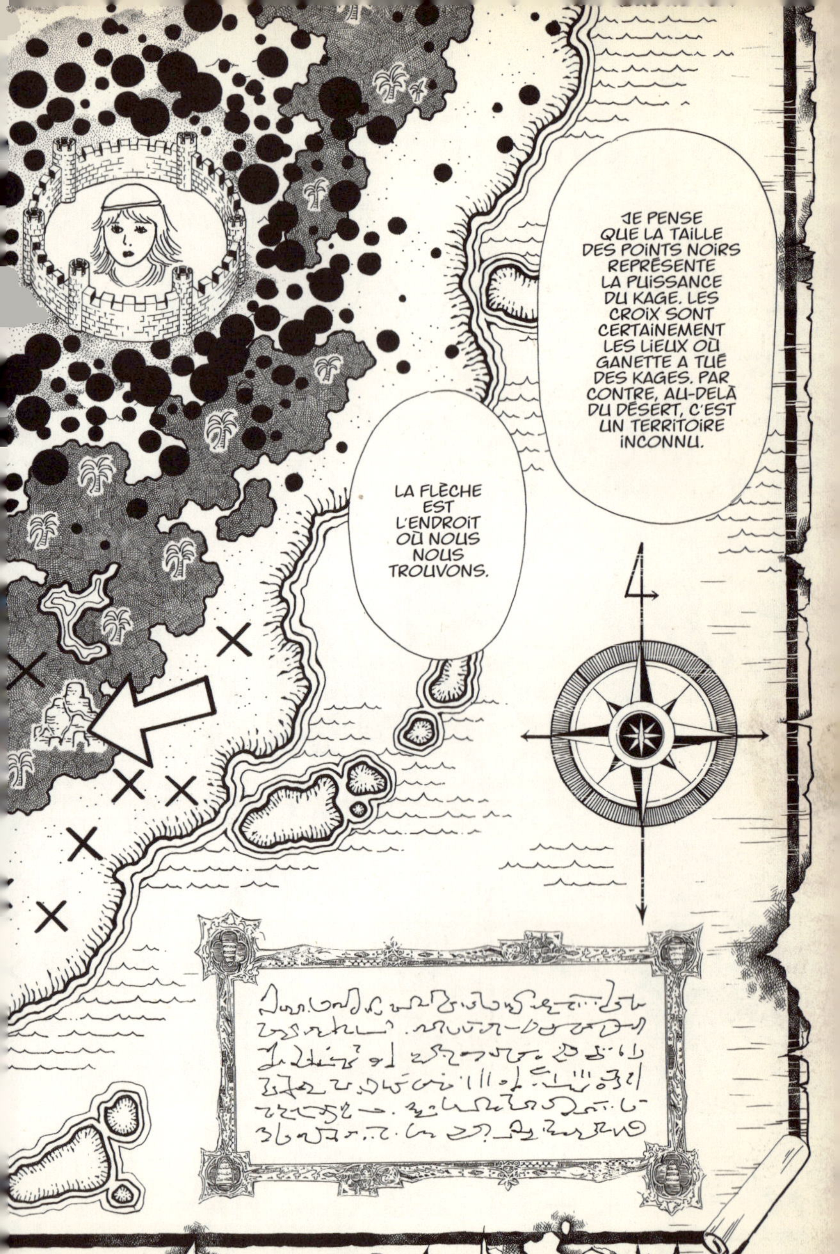
JE PENSE QUE LA TAILLE DES POINTS NOIRS REPRÉSENTE LA PUISSANCE DU KAGE. LES CROIX SONT CERTAINEMENT LES LIEUX OÙ GANETTE A TUÉ DES KAGES. PAR CONTRE, AU-DELÀ DU DÉSERT, C'EST UN TERRITOIRE INCONNU.
LA FLÈCHE EST L'ENDROIT OÙ NOUS NOUS TROUVONS.

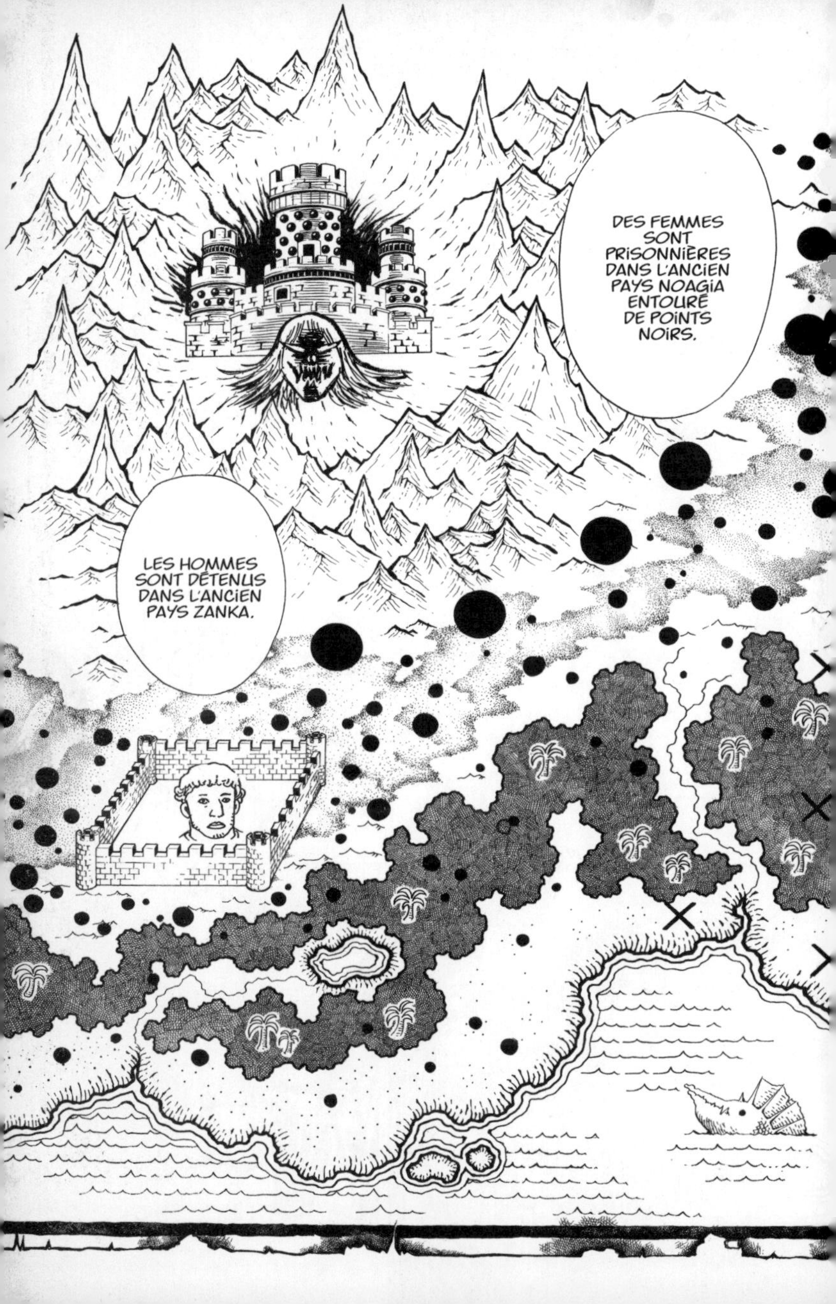
DES FEMMES SONT PRISONNIÈRES DANS L'ANCIEN PAYS NOAGIA ENTOURÉ DE POINTS NOIRS.
LES HOMMES SONT DÉTENUS DANS L'ANCIEN PAYS ZANKA.

ALORS, LA SOEUR DE SUNSU SERAIT RETENUE À NOAGIA ?
POSSIBLE... JE PENSE AUSSI QU'AVANT D'ÊTRE SÉLECTIONNÉES ET ENVOYÉES CHEZ OBSCURIA ELLES SONT BIEN TRAITÉES.
PAR CONTRE, LES HOMMES COMPTENT MOINS QUE LES ANIMAUX ET AU MIEUX SERVENT D'ESCLAVES AUX KAGES.
LES FILLES SONT SACRIFIÉES ET...
... LES HOMMES FINISSENT ESCLAVES...
RAL, ON EST D'ACCORD ?
ON DÉLIVRE LES FEMMES, ET ENSUITE ON S'OCCUPERA DES HOMMES.
NON.

JE PRÉFÈRE QU'ON FONCE DROIT AU CHÂTEAU JUGIL OÙ SE TROUVE OBSCURIA !
RAL ?!
TU PEUX NOUS EXPLIQUER ?
GANETTE NOUS A LAISSÉ CETTE CARTE POUR QU'ON AILLE DÉLIVRER LES FEMMES.
TANDIS QUE LUI SE RENDRA CHEZ OBSCURIA.
CE TYPE DE MANI-PULATION NE M'ÉTONNE PAS DE LUI.
JE NE VEUX PAS ME FAIRE DEVANCER PAR GANETTE.
RAL, L'ESSENTIEL N'EST PAS DE SAVOIR QUI TUERA OBSCURIA.
TU AS ENTRAÎNÉ SUNSU POUR ALLER DÉLIVRER SA SOEUR, NON ?

NON, CE N'EST PAS ÇA.
JE VEUX DONNER UNE LEÇON À GANETTE ET...
...
... TERRASSER OBSCURIA AVANT LUI.
JE... JE CROYAIS QUE TU M'AVAIS ENTRAÎNÉ POUR MA SOEUR...
... QU'ON IRAIT LA DÉLIVRER ENSEMBLE !
SUNSU, JE SUIS DÉSOLÉ...
... MAIS, SI TU ES AVEC MOI, C'EST POUR M'AIDER À BATTRE GANETTE.
SUNSU, TU IRAS LA DÉLIVRER SEUL.
RAL, MAIS ENFIN !
KAFKA, QU'EN PENSES-TU ?
...

J'ESTIME QU'ON DOIT DONNER PRIORITÉ À CEUX QUI SONT PRISONNIERS.
J'IGNORE COMBIEN DE PERSONNES SONT CAPTIVES, MAIS SI ON DOIT LES ÉVACUER...
... ON AURA BESOIN DE TA FORCE.
JE VOUS DEMANDE JUSTE D'ATTENDRE QUE J'EN FINISSE AVEC OBSCURIA.
PAS QUES-TION !
ON DOIT D'ABORD SECOURIR LES ÊTRES HUMAINS !
RAL...
ALORS, NOS CHEMINS SE SÉPARENT.
RAL !
QUE SE PASSE-T-IL ?

TU DISAIS QUE TU TE BATTAIS POUR PROTÉGER TOUTES LES FEMMES DE CETTE TERRE.
C'EST BIEN POUR ÇA QUE JE VEUX TUER OBSCURIA. JE N'AI PAS MENTI.
MOI AUSSI, J'AI ENVIE DE DÉLIVRER LA SOEUR DE SUNSU.
GANETTE EST VENU ICI SANS MÊME RESPECTER LE SANCTUAIRE DE LA VILLE DE RURIRU.
JE N'AIME PAS SA FAÇON DE FAIRE. SI JE VOIS UNE FEMME QUI SOUFFRE, J'AURAI TOUJOURS ENVIE DE L'AIDER.
ALORS, POURQUOI ?
QUESTION D'AMOUR-PROPRE ET...
... DE VENGEANCE.
!

JE PARTAGE LE POINT DE VUE DE KAFKA.
GANETTE VEUT QU'ON DÉLIVRE LES HUMAINS. TANDIS QUE LUI SE REND AUPRÈS D'OBSCURIA.
C'EST UNE BONNE TACTIQUE.
SINON, SANS CETTE ARRIÈRE-PENSÉE, IL N'AURAIT PAS LAISSÉ UNE CARTE.
MAIS MOI, J'AI MA MANIÈRE DE PROCÉDER.
RAL, ATTENDS !
JE NE ME LAISSERAI PAS MANIPULER !
RAL...
JE NE VEUX PAS ÊTRE DEVANCÉ PAR GANETTE...
... NI PAR QUI QUE CE SOIT.
ZAM
GRAD ET MOI, NOUS TUERONS OBSCURIA !

J'ÉPROUVE DE LA RANCUNE EN RAISON DE MES DIX-HUIT ANNÉES DE CAPTIVITÉ.
Mish
ALORS, JE DOIS LA TUER DE MES PROPRES MAINS.
...
...
SI UN AUTRE LE FAISAIT À MA PLACE, JE...

SON ÂME RESTE TOURMENTÉE...
IL NE S'EST TOUJOURS PAS LIBÉRÉ DE L'OBSCURITÉ.
SON ÂME EST MARQUÉE PAR SA CAPTIVITÉ ET SES EFFORTS POUR SURVIVRE AVEC GRAD.
SON ÂME NE SERA VÉRITABLEMENT APAISÉE QUE...
... LORSQU'IL AURA TUÉ OBSCURIA.
POURTANT...
RAL, ATTENDS-MOI.
MIO...
JE PRÉFÈRE QUE TU RESTES SOUS LA PROTECTION DE KAFKA.
STAP
FUAh !!
FUAh !!
MOI AUSSI ...

RAL, JE VEUX Y ALLER AVEC TOI !
JE N'AI PAS DE KAGE, JE RISQUE D'ÊTRE UN BOULET POUR TOI, MAIS...
... JE FERAI TOUT POUR T'ÊTRE UTILE.

...
JE CONNAIS LES KAGES COMME PERSONNE, ET JE VEILLERAI SUR TOI LA NUIT.
ENFIN, JE...
JE N'AI PAS ENVIE D'ÊTRE ÉLOIGNÉE DE LUI.
PROFESSEUR MIO...
... POURQUOI CHERCHES-TU À M'ACCOMPAGNER ?
...
NE T'INQUIÈTE PAS POUR MOI, JE ME DÉBROUILLERAI.
JE PENSE QUE KAFKA ET LES AUTRES ONT BESOIN DE TOI.
...

JE TE PROMETS DE REVENIR AUSSITÔT APRÈS AVOIR TUÉ OBSCURIA.
ALORS, MIO, PRENDS BIEN SOIN DE TOI.
ADIOS.
RAL N'A PLUS BESOIN DE MOI...
ZRASH

ÇA NE VA PAS DU TOUT.
GANETTE, QU'EST-CE QUI NE VA PAS ?
CETTE TOILE EST CELLE D'UN MONSTRE ARAIGNÉE.
SI ON LA TOUCHE, DES MONSTRES EFFRAYANTS VONT DÉBARQUER.
MÊME EN CREUSANT AU-DESSOUS, LES FILS DÉTECTERONT NOTRE PRÉSENCE.
GANETTE A PEUR ?
OUI, CELUI QUI N'A JAMAIS PEUR NE FAIT PAS DE VIEUX OS.
ALORS, QUE COMPTEZ-VOUS FAIRE ?
JE VAIS Y RÉFLÉCHIR EN FAISANT UNE SIESTE.
D'ACCORD ! ♡

Blue Dragon
RalΩGrad

MIO, SUNSU ET LES AUTRES ONT BESOIN DE TON SAVOIR.
JE M'EN SORTIRAI SEUL.
VLAF
À PLUS TARD !
CHAPITRE 18 LE COMPAGNON
RAL...
RAL N'A PLUS BESOIN DE MOI...

JE TE PROMETS QUE JE TUERAI OBSCURIA !!
CHAPITRE 18 : LE COMPAGNON
MIO ?
OÙ EST RAL ?
IL EST PARTI.
QUOI ?!

...
JE PENSAIS QUE TU AURAIS ÉTÉ CAPABLE DE L'ARRÊTER.
TU NE PEUX RIEN FAIRE POUR LUI...
RAL DISAIT QUE MA CONNAISSANCE DES KAGES SERVIRAIT À DÉLIVRER LA SOEUR DE SUNSU.
ALORS, JE SERAI FORTE POUR DEUX !
MIO...
ALORS, NOUS ALLONS UNIR NOS FORCES ET AVANCER TOUS LES QUATRE.
OUI, JE PARS ME PRÉPARER...
RAL...
...

ÇA FAIT QUATRE JOURS QUE GANETTE EST PARTI.
JE DOIS LE RATTRAPER !
VUOOOO
DES CADAVRES DE KAGES ? IL EST EN TRAIN DE FONCER AU CHÂTEAU !

VYUN
?!
UN ALLIÉ ?
ON AURAIT DIT UN THIRD.
AMI OU ENNEMI, ON A POUR CONSIGNE DE NE RIEN FAIRE.
ON DOIT LAISSER BEYON TRAVAILLER.
PAS DRÔLE...
FRAF
FRAF
GANETTE, JE SENS LA PRÉSENCE DE KAGES.
RANGE BRATZ, ET PLANQUEZ-VOUS DANS LA FORÊT.
PFF, PAS COM-MODE...

!
COMMENT?!
MAIS, C'EST LE GAMIN DU DRAGON ?
AH OUI... JE NE PENSAIS PAS LE VOIR AUSSI RAPIDEMENT ICI.
!
IL EST VENU SEUL ?
? ?
OUI, ON DIRAIT.
IL S'EST BROUILLÉ AVEC SES POTES.
IL EST VRAIMENT NUL.

AH, CE N'EST QU'UNE TOILE D'ARAIGNÉE GÉANTE.
GANETTE, TU DISAIS QUE CELUI QUI OUBLIAIT D'AVOIR PEUR NE FERAIT PAS DE VIEUX OS ?
OUI.
...
NE COMPTE PAS SUR MOI POUR LE SAUVER.
OUI, J'AVAIS COMPRIS.
S'IL SE FAIT PRENDRE DANS LA TOILE, IL SORTIRA SON DRAGON. ON EN PROFITERA ALORS POUR NOUS INFILTRER.
ON VA ENFIN POUVOIR AVANCER.
GANETTE, TON IDÉE EST SUBTILE.

ZAM
SANS RAL, NOUS DEVRONS AVANCER PRUDEMMENT JUSQU'À NOAGIA SANS NOUS FAIRE REPÉRER PAR LES KAGES.
RAL SE TROUVE DEVANT UNE GROSSE TOILE D'ARAIGNÉE.
WAW !
BERK, C'EST TOUT GLUANT.
GULP
CETTE TOILE M'AGACE...

MIO, TU CONNAIS UN KAGE QUI TISSE DES TOILES ?
COMMENT ?
ET TOI, TU EN AS DÉJÀ VU ?
PAS VRAIMENT ...
SI JAMAIS ÇA T'ARRIVE, N'Y TOUCHE SURTOUT PAS, IL S'AGIT D'UN PIÈGE DU MONSTRE ARAIGNÉE ARAINIMONS !
QUAND ON SE FAIT PRENDRE DANS LA TOILE, ON Y EST LIGOTÉ ET ON SE FAIT DÉVORER PAR DES MILLIERS D'ARAIGNÉES.
WOUAW, ÇA CRAINT...
D'ACCORD, J'AI BIEN COMPRIS.
AIA, TU PENSES QUE RAL EST AU COURANT ?
IL DIT QU'IL VA COUPER LES FILS POUR AVANCER.
ÇA S'AN-NON-CE MAL !!

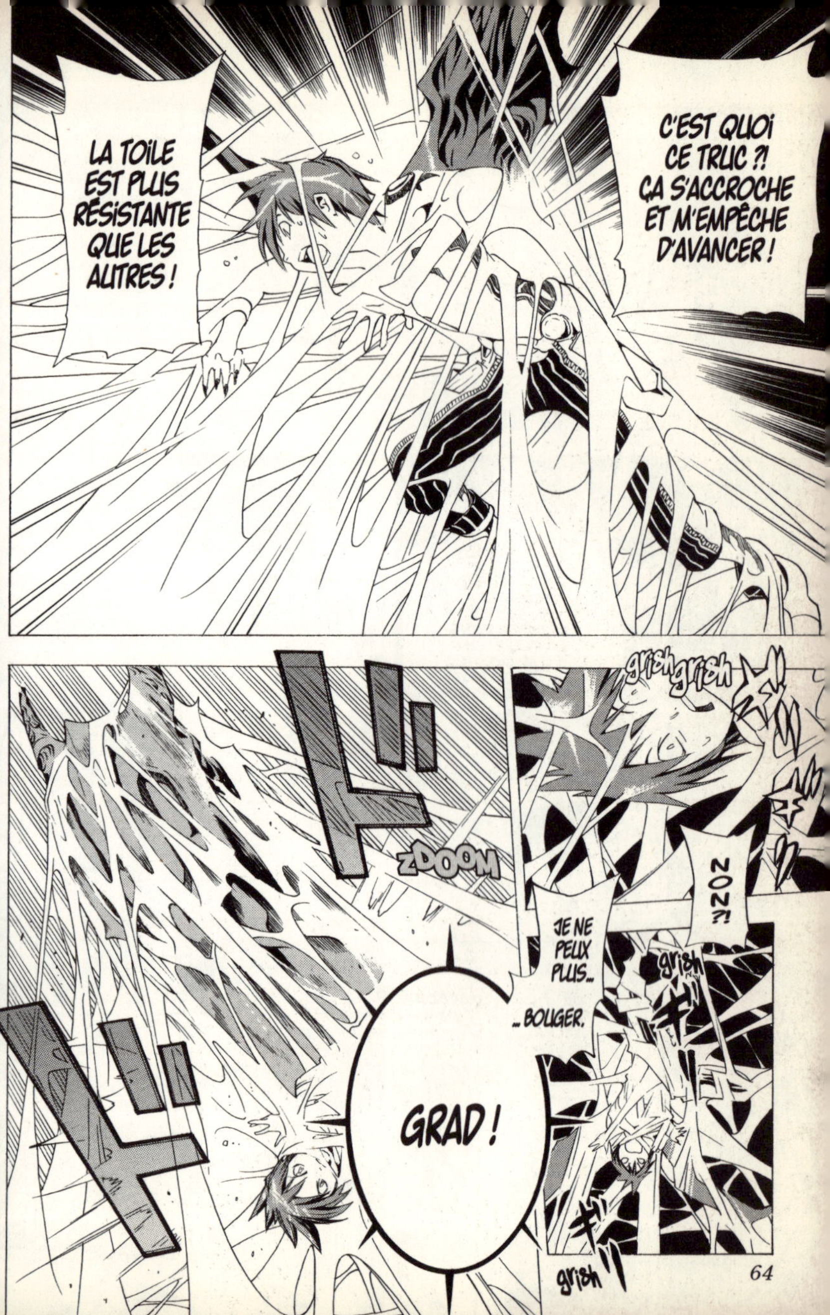
C'EST QUOI CE TRUC ?! ÇA S'ACCROCHE ET M'EMPÊCHE D'AVANCER !
LA TOILE EST PLUS RÉSISTANTE QUE LES AUTRES !
grish grish
NON ?!
JE NE PEUX PLUS...
... BOUGER.
grish
grish
ZDOOM
GRAD !

ZDOO
!
GRISH
QU'EST-CE QUE C'EST ?! JE SUIS IMMOBILISÉ !
QUOI ?!
LES FILS SE DURCISSENT AUTOUR DE MOI.
MÊME GRAD NE PEUT PAS LES COUPER ?!
FRAF FRAF
MAIN-TENANT !
SENOLE, LEELA, ON Y VA !
ZAM

!
GANETTE !!
VRAAAA
バババッ
GAILA !
NOUS SOMMES MÊME ACCUEILLIS.
ザザ
ZRASH
LE WHITE TIGER !
ドドド
ZDOO
ZDOO
ZDOO

ADIOS !
ZRAAH
ZRAAH
ZRAAH
MINCE...
GWAW
GRAD !
MISH
MISH
WAH HA HA HAAA !!
JE NE PEUX MÊME PLUS OUVRIR LA BOUCHE !
!

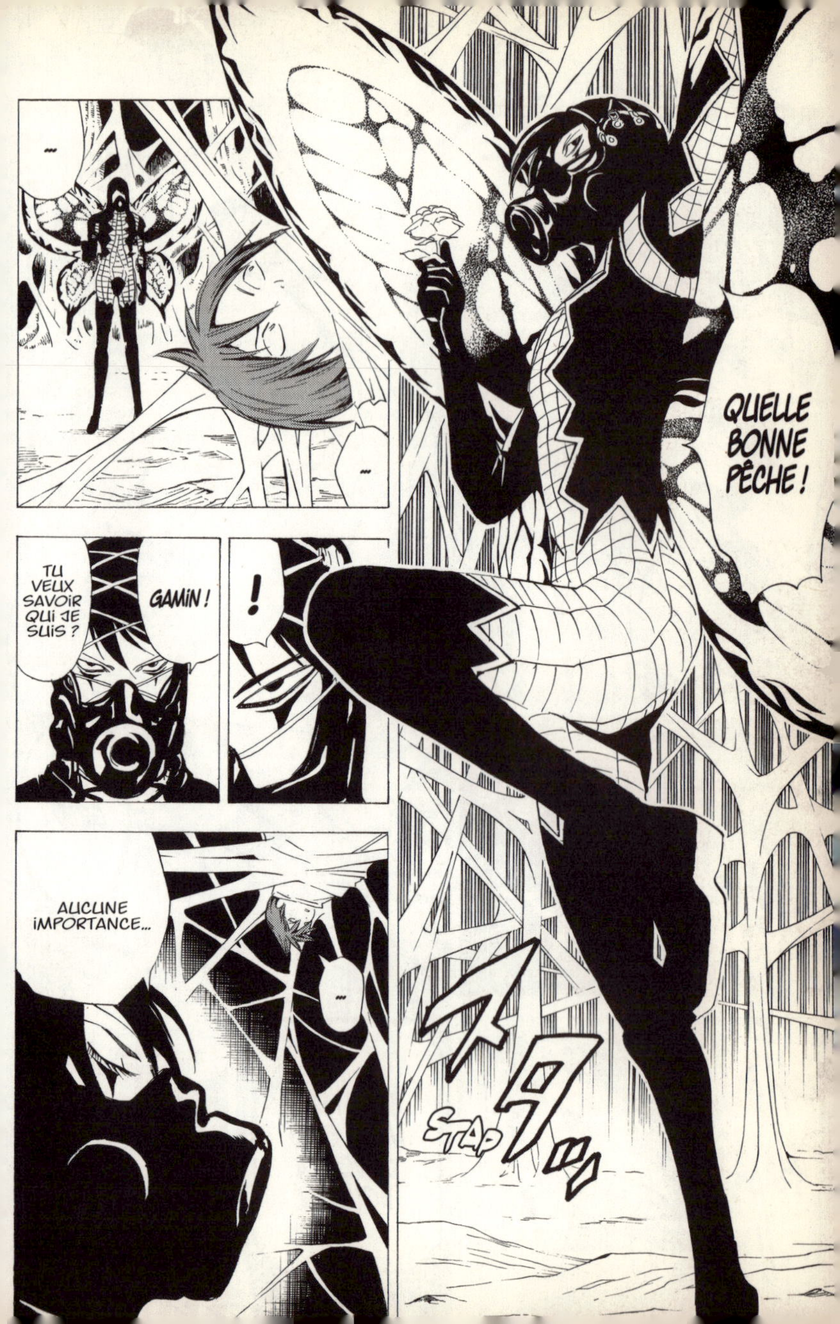
QUELLE BONNE PÊCHE !
...
...
!
GAMIN !
TU VEUX SAVOIR QUI JE SUIS ?
AUCUNE IMPORTANCE...
...
STAP

JE SUIS BEYON, L'UN DES CINQ CHEVALIERS, JE SUIS LA GELÉE ROYALE DE LA REINE.
SLURP
JE NE SUIS PAS QU'UN SIMPLE SERVITEUR D'OBSCURIA, ELLE M'A MÊME PROMIS TOUTES SES FAVEURS.
IL NE ME DONNE PAS...
... L'IMPRESSION DE PLAISANTER.
VOILÀ POUR LES PRÉSENTATIONS, MAINTENANT TU VAS MOURIR.
ZRASH
WAAAAW!
?!

ZBOOM
GWARPS !
CROC
BIEN JOUÉ, KURU-KURU, TON VOL EST DEVENU PRÉCIS.
QUI ÊTES-VOUS ?! DÉGAGEZ !
!
SUNSU, AIA !

C'EST NOTRE AMi !
AMi... !!
SI CE KAGE DÉVORE RAL, QUI EST EMPOISONNÉ PAR DU VENIN DE COBRA, TU EN MOURRAS.
SUIP
MÊME SI VOUS ME TUEZ, VOUS MOURREZ TOUS.
MAIS, AVANT QUE VOUS NE DISPARAISSIEZ, JE VOULAIS QUE VOUS SACHIEZ QUE C'ÉTAIT MOI QUI LES AVAIS TUÉS.
JE NE VAIS PAS MOURIR.
BRILLE

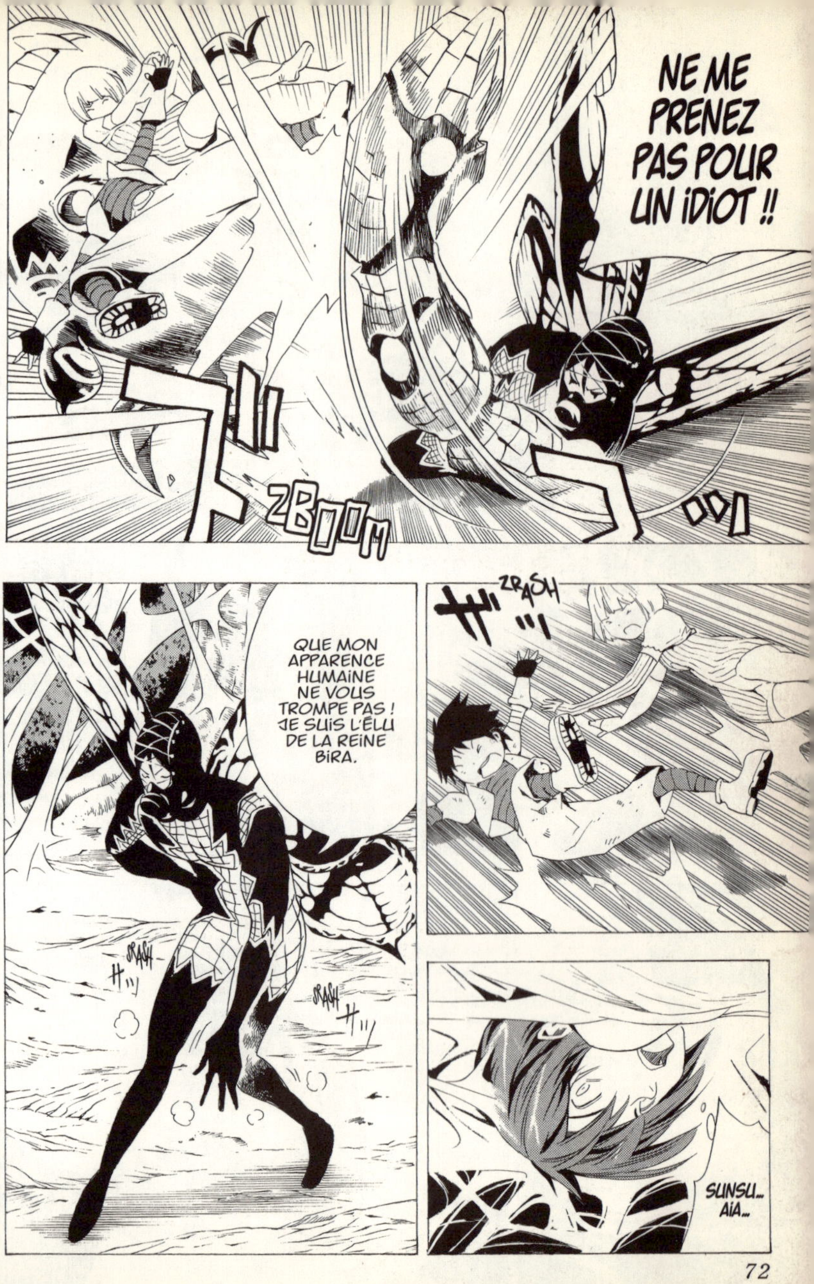
NE ME PRENEZ PAS POUR UN iDiOT !!
ZBOOM
ZRASH
SUNSU... AiA...
QUE MON APPARENCE HUMAiNE NE VOUS TROMPE PAS ! JE SUiS L'ÉLU DE LA REiNE BiRA.
SRASH
SRASH

ZAM
SI DES GAMINS AVEC DES KAGES AUSSI INSIGNIFIANTS VOULAIENT JOUER AVEC MOI, IL SUFFISAIT DE ME LE DEMANDER GENTIMENT.
MAIS IL EST TROP TARD... VOUS M'AVEZ MIS DE LA BOUE DANS LE DOS ET M'AVEZ SALI LA MAIN. VOUS ALLEZ LE PAYER.
N'ES-PÉREZ PAS, ENFANTS OU PAS, JE SUIS INTRAI-TABLE.
HUM ?
JE NE TROUVE PLUS SUNSU ET AIA.
COM-MENT ?!
DES KAGES LES AURAIENT ATTAQUÉS SANS QU'ON S'EN APERÇOIVE ?
NON, JE N'Y CROIS PAS !
SUNSU !
AIA !

VLUF

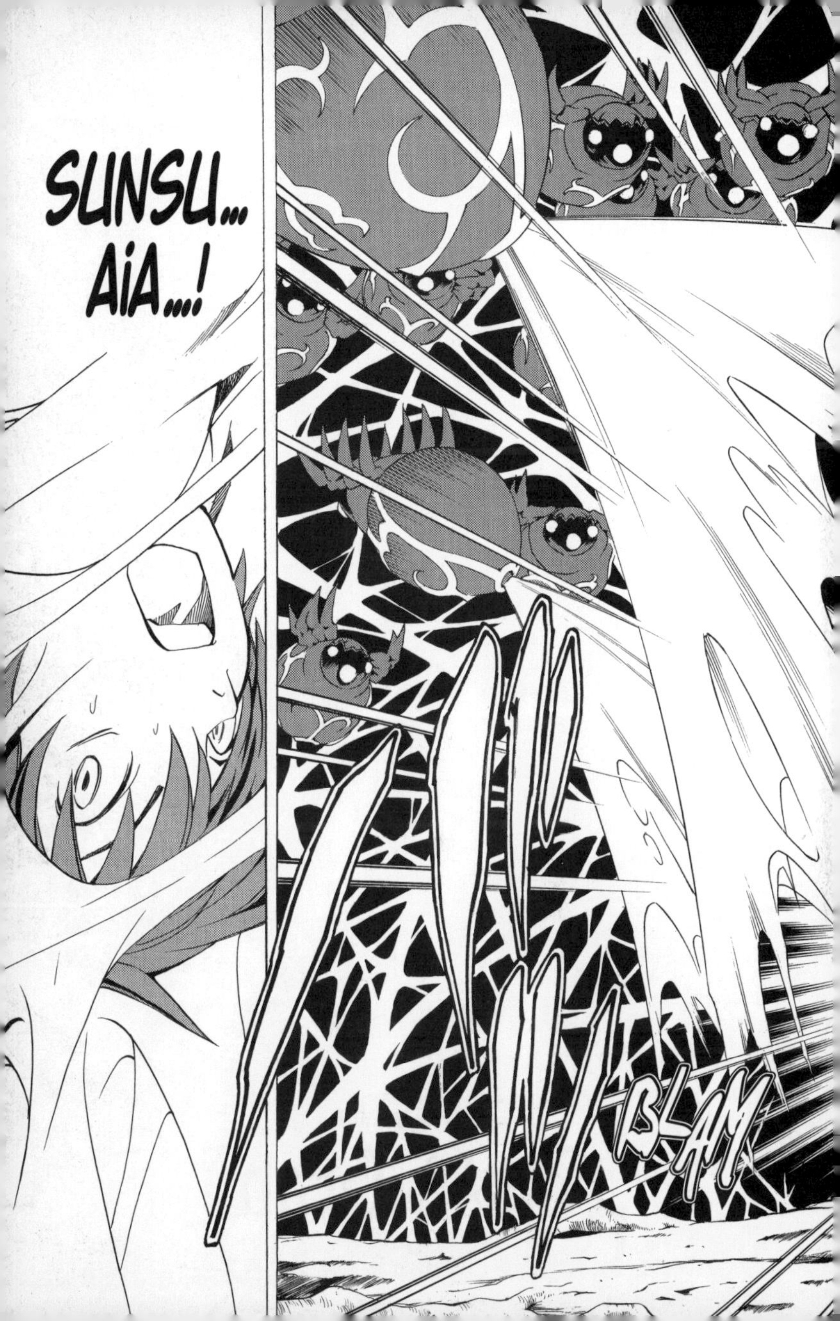
SUNSU... AiA...!
BLAM

Blue Dragon

Ral Ω Grad

CHAPITRE 19 LE SUIVANT
VLUF
VRAAA
SUNSU ! AiA !
GWAP
GWAP
KURUKURU !

BON...
... ÇA COMMENCE À BIEN FAIRE !!
SPLAF

GANETTE !
PTOP
PTOP
ADIOS.
MISÉRABLES PETITS MONSTRES.
LE... WHITE TIGER...

WHITE TIGER EST ICI, ON ME FLATTE.
TOI, TU LA FERMES !!
PAS QUESTION, JE SUIS L'ÉLU DE...
STOP !
SI TU NE LA BOUCLES PAS, JE TE TUE, ESPÈCE DE...!!
IL M'A ENCORE DEVANCÉ...
PAR CONTRE, LA SITUATION N'EST PAS TRÈS CLAIRE !
ET CES CADAVRES...?
ZAM

!!
ZRUU
T'ES VRAIMENT INCORRIGIBLE.
TOUT EST TA FAUTE !
CES GAMINS ONT FAILLI MOURIR À CAUSE DE TOI !
JE TE REMERCIE DE M'AVOIR SAUVÉ, MAIS JE NE T'AI RIEN DEMANDÉ.
PAS PLUS AUJOURD'HUI QUE LA DERNIÈRE FOIS.

C'EST VRAI QUOI, JE NE T'AI JAMAIS DEMANDÉ DE ME SAUVER !
OUI, TU AS RAISON.
JE N'AI JAMAIS EU ENVIE DE T'AIDER DEUX FOIS DE SUITE.
JE ME FICHAIS BIEN DE SAVOIR SI CES GAMINS ALLAIENT MOURIR.
JE VOULAIS JUSTE PROFITER DE CE QUE TU ÉTAIS PIÉGÉ POUR OBSERVER LES MOUVEMENTS DE L'ENNEMI.
PUISQUE, DE TOUTES LES FAÇONS, JE DEVAIS TUER CE MONSTRE...
VLAF !!
QUELS GAMINS ?!
BOM !!
TOI AUSSI, TU TE TAIS ET TU RECULES !
LEELA ET SENOLE DISAIENT QU'ELLES REFUSAIENT DE VOIR DES ENFANTS SE FAIRE TUER.
ON A DIT ÇA ?
?
CES DAMES SONT GÉNÉREUSES, VOUS DEVRIEZ ÊTRE RECONNAISSANTS.

RECON-NAISSANTS ? PAS QUESTION, ON NE T'A RIEN DEMANDÉ !
D'ACCORD, J'AI COMPRIS.
PLOP
SPLAF
SI TU LE PRENDS SUR CE TON, TANT PIS POUR LES FILLES, MAIS TU DOIS MOURIR. ENSUITE, JE M'OCCUPERAI DE BEYON.
APRÈS TOUT, ON N'EST PAS DES AMIS !
EXACT, ON N'EST PAS AMIS !
PAR CONTRE, RAL ET MOI SOMMES AMIS. SINON, JE NE SERAIS PAS VENU ICI !
SUNSU...

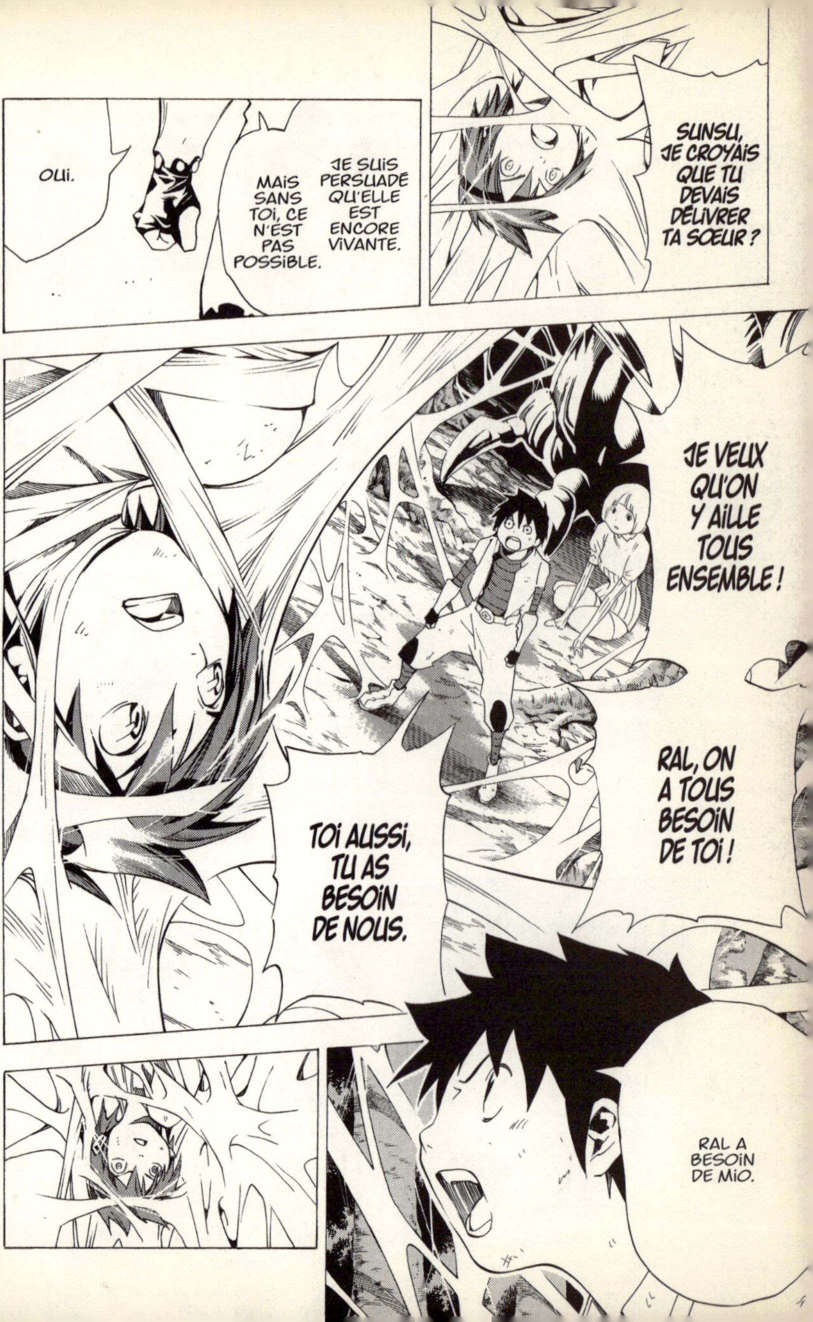
SUNSU, JE CROYAIS QUE TU DEVAIS DÉLIVRER TA SOEUR ?
JE SUIS PERSUADÉ QU'ELLE EST ENCORE VIVANTE.
MAIS SANS TOI, CE N'EST PAS POSSIBLE.
OUI.
...
JE VEUX QU'ON Y AILLE TOUS ENSEMBLE !
RAL, ON A TOUS BESOIN DE TOI !
TOI AUSSI, TU AS BESOIN DE NOUS.
RAL A BESOIN DE MIO.

MIO CONNAISSAIT LE PIÈGE DE CES ARAIGNÉES.
AVEC ELLE, ÇA NE SERAIT JAMAIS ARRIVÉ.
MIO EST UNE FORCE DANS LES COMBATS !
PROFES-SEUR MIO...
SUNSU, TU AS RAISON.
SI JE SUIS PARVENU JUSQU'ICI, C'EST GRÂCE À VOUS.
SUNSU, TU ES VENU ME SAUVER.
JE TE REMERCIE.
AI.
RAL !

JE NE VOUS LAISSERAI PAS FAIRE.
VOUS NE PARVIENDREZ JAMAIS JUSQU'À LA REINE BIRA. CAR JE SUIS...
VLAF
ÉCOUTE-MOI, PIÈTRE IMITATION DE BEYON !
HEIN?
IMITATION?
AVOUE, TU ES UN IMPOSTEUR !
UNE IMPOSTURE ?!
OUI, UN PETIT COMPLICE QUI N'EST LÀ QUE POUR DIRE "C'EST BEYON QUI L'A TUÉ".
J'AI OBSERVÉ LES ARAIGNÉES TUÉES PAR GANETTE ET J'AI COMPRIS...
... QUE LE FIL N'EST QU'UNE PARTIE DU KAGE.
CE FIL QUI NOUS RETIENT PRISONNIERS EST UNE PARTIE DU CORPS DE BEYON !

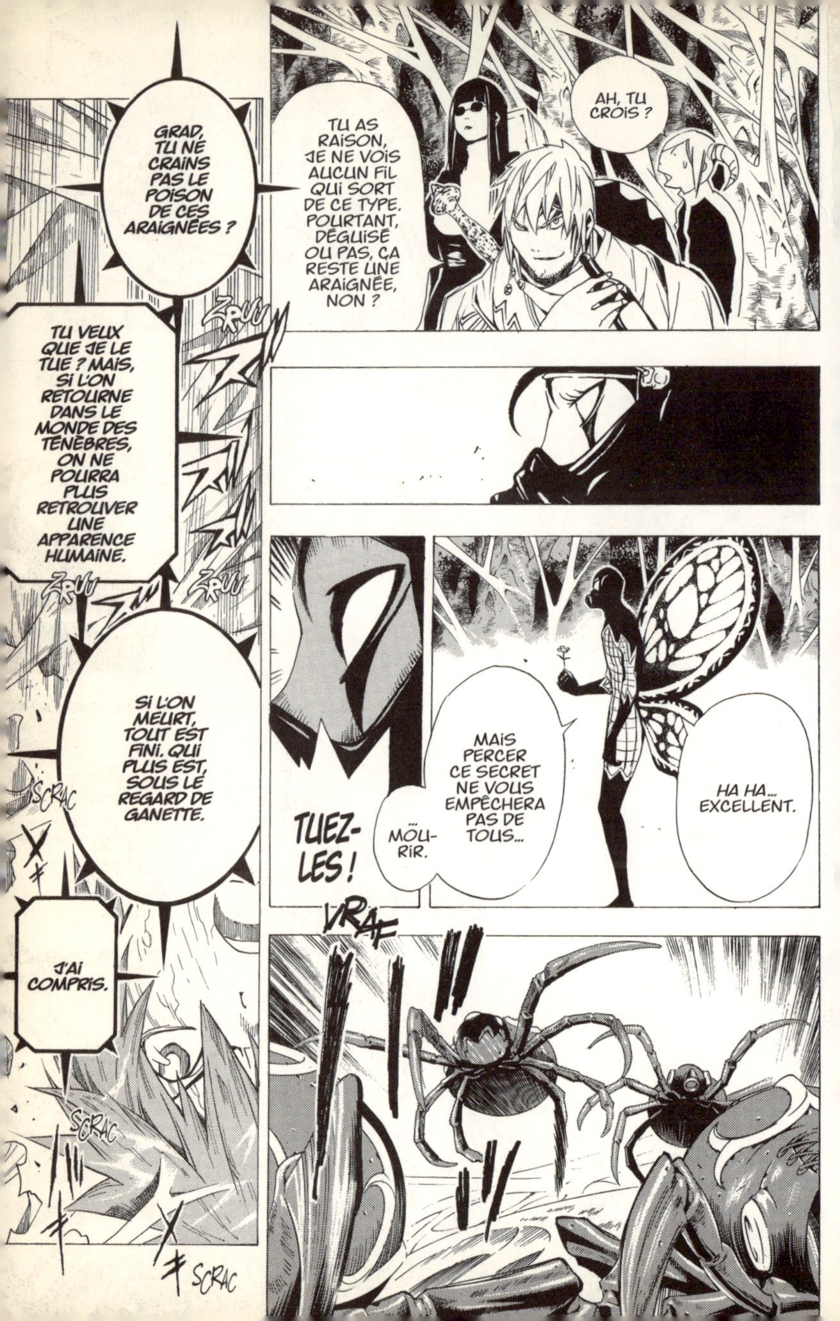
AH, TU CROIS ?
TU AS RAISON, JE NE VOIS AUCUN FIL QUI SORT DE CE TYPE. POURTANT, DÉGUISÉ OU PAS, ÇA RESTE UNE ARAIGNÉE, NON ?
HA HA... EXCELLENT.
MAIS PERCER CE SECRET NE VOUS EMPÊCHERA PAS DE TOUS...
... MOURIR.
TUEZ-LES !
VRAF
GRAD, TU NE CRAINS PAS LE POISON DE CES ARAIGNÉES ?
ZRUU
TU VEUX QUE JE LE TUE ? MAIS, SI L'ON RETOURNE DANS LE MONDE DES TÉNÈBRES, ON NE POURRA PLUS RETROUVER UNE APPARENCE HUMAINE.
ZRUU
ZRUU
SI L'ON MEURT, TOUT EST FINI. QUI PLUS EST, SOUS LE REGARD DE GANETTE.
SCRAC
J'AI COMPRIS.
SCRAC
SCRAC

SCRAAC
!!

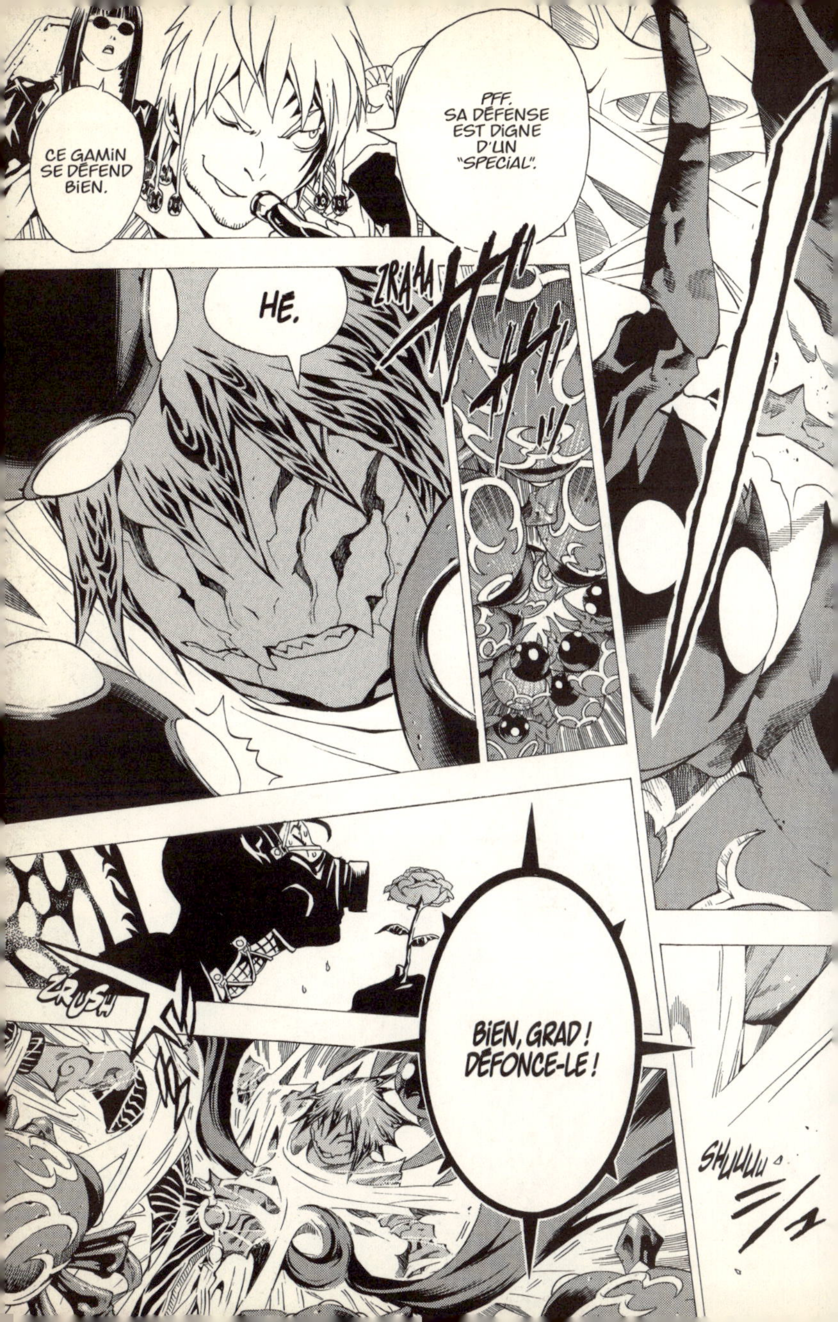
PFF. SA DÉFENSE EST DIGNE D'UN "SPECIAL".
CE GAMIN SE DÉFEND BIEN.
ZRAAA
HE.
ZRUSH
BIEN, GRAD ! DÉFONCE-LE !
SHUUUU

GRAA
LE FIL !
SI CE FIL EST UNE PARTIE DE SON CORPS, IL NOUS PERMETTRA DE REMONTER JUSQU'À SON POINT VITAL.
JE PENSE QU'IL N'EST PAS ÉLOIGNÉ.
PAS POS-SIBLE !
ZROSH
VAS-Y, GRAD !
ZROOSH

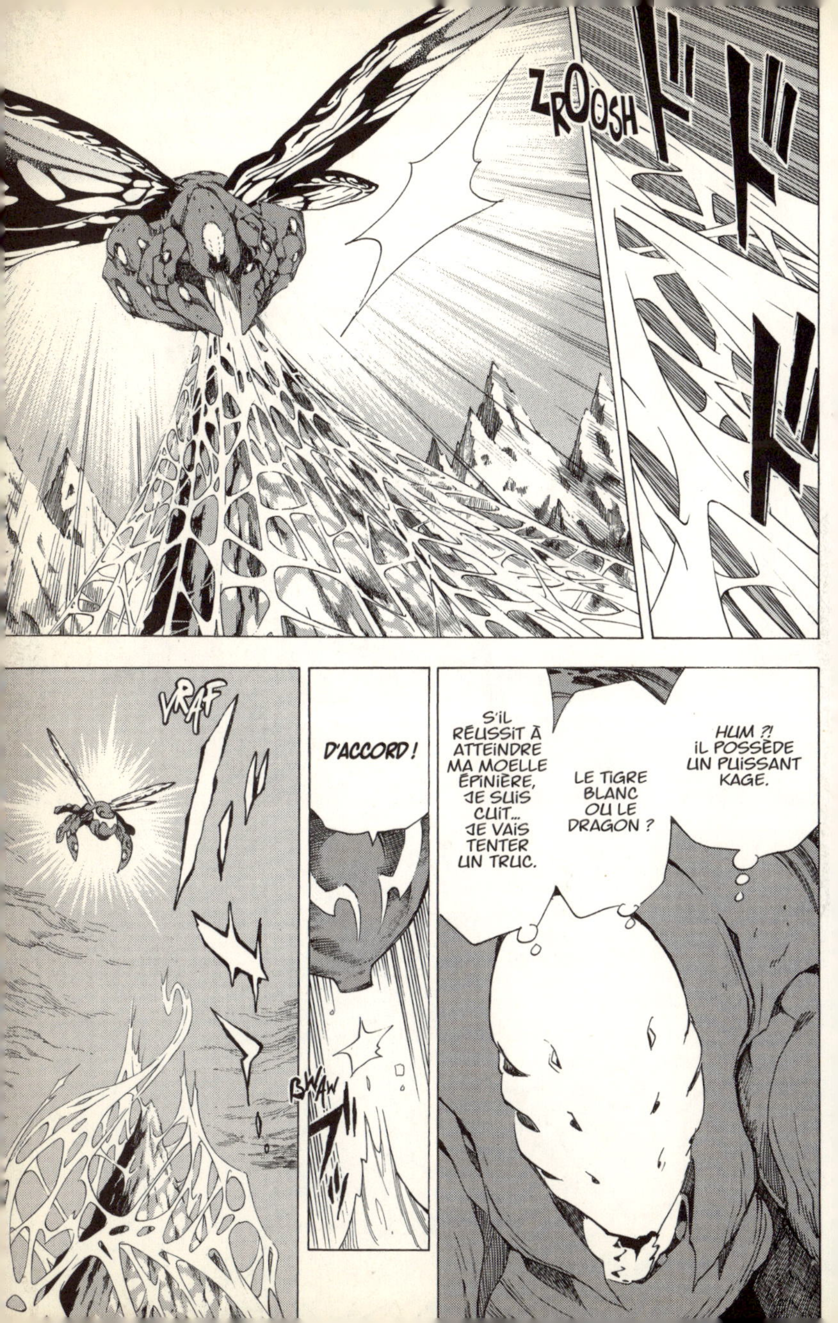
ZROOSH
HUM ?! IL POSSÈDE UN PUISSANT KAGE.
LE TIGRE BLANC OU LE DRAGON ?
S'IL RÉUSSIT À ATTEINDRE MA MOELLE ÉPINIÈRE, JE SUIS CUIT... JE VAIS TENTER UN TRUC.
D'ACCORD !
BWAW
VRAF

!!
ZRAA
ZRAA
ZRAA
VRAF
AAAH !
LE FIL A PERDU DE SA FORCE. IL S'EST ENFUI ?
GRAD, REVIENS VITE.
J'AI DES FILS DANS MA BOUCHE...

BEYON EST RETOURNÉ AUPRÈS D'OBSCURIA.
PWEPS
TU VOIS, LE VRAI BEYON S'EST SAUVÉ.
!
KRiEEEEE!!!
SCRAC
SCRAC
SCRAC
VRASH

BWARK!!
BWOF
P-TOP
ポキ
ZAM
SPLOF

MAINTENANT, IL VA FALLOIR SE DÉBARRASSER DE CES MONSTRES.
FRAF FRAF
ALLEZ, UN PETIT EFFORT.
ILS ONT COMPRIS, ILS SE SAUVENT...
BERK !! DES ARAIGNÉES !!
ON VA EN TUER AUTANT QU'ON LE POURRA.
SUNSU, RAL, C'EST MON DOMAINE, ALORS N'INTERVENEZ PAS !
BOM
D'ACCORD, GANETTE, UN PEU D'EXERCICE TE FERA DU BIEN !
?!

ZAM
FUAH...
FUAH...
TERRIBLE...
RAL EST SUPER FORT !
MAIS GANETTE AUSSI...

SUNSU, TU AS VU ? ON A ÉLIMINÉ LES GÊNEURS.
JE VAIS ENFIN POUVOIR ME BATTRE...
... CONTRE GANETTE !

Blue Dragon
Ral Ω Grad

JE VAIS ENFIN POUVOIR AFFRONTER GANETTE !
!
CHAPITRE 20 : LE CHANGEMENT
...
ENFIN CE COMBAT...
GANETTE, TU N'ES QU'UN PAUVRE LÂCHE.
RAL ÉTAIT EN DANGER, ET, TOI, TU TE CONTENTAIS DE L'OBSERVER POUR TENTER D'EN TIRER PROFIT.
COMME TU L'AVAIS FAIT AVEC CES FEMMES, QUE TU AS ABANDONNÉES À LEUR SORT. TU N'ES QU'UNE MAUVIETTE, UN LÂCHE !

J'SUIS UN HOMME, MOI ! JE VAIS TE DONNER UNE LEÇON !
SUNSU, ÇA SUFFIT.
...
ON DIRAIT QU'ILS VEULENT SE MESURER À MOI...
ILS ONT L'AIR DÉTERMINÉS.
SUNSU SEMBLE SÛR DE LUI, TOUT COMME RAL... C'EST SON DRAGON QUI LUI DONNE UNE TELLE ASSURANCE ?
J'ACCEPTE TON DÉFI.
CEPENDANT...
JE SUIS SÉRIEUX.

... PRÉPAREZ-VOUS À MOURIR.
GANETTE, CE N'EST POURTANT PAS TON GENRE DE TUER DES ENFANTS.
JE N'EN AI PAS SPÉCIALEMENT ENVIE, MAIS...
GROO
GROO
GROO
ESSAIE DE NOUS TUER SI TU EN ES CAPABLE !!
!
N'IMPORTE QUOI !

SI JE GAGNE, JE NE TE TUERAI PAS.
EN REVANCHE, SI TU PERDS, TU DEVRAS ME DONNER UNE INFORMATION.
!
HA HA !
POUR QUI TE PRENDS-TU ? TU CROIS QUE JE VAIS PERDRE ?
…
SI TU NE PEUX PAS PERDRE, TU PEUX DU MOINS ACCEPTER MES CONDITIONS.
TU AS RAISON.
JE SUIS PRÊT À ÉCOUTER TOUTES TES CONDI-TIONS.
ALORS, SI SUNSU ET MOI NOUS TE BATTONS …

... TU DEVRAS NOUS AIDER À DÉLIVRER UN HUMAIN PRISONNIER.
RAL !
LA SOEUR DE SUNSU EST CERTAINEMENT ENCORE VIVANTE.
ÇA NE M'EMPÊCHERA PAS DE GAGNER ET DE CONTINUER À AVANCER VERS LE CHÂTEAU JUGIL.
RAL, AVANT DE NOUS BATTRE, JE VAIS TE CONFIER UNE CHOSE.
MOI AUSSI, JE SUIS UN "SPECIAL".
...!

JE SAIS, TU ES LE WHITE TIGER, L'UN DES CINQ "SPECIALS".
OH...
TU ES DONC AU COURANT POUR CES CINQ KAGES QUI SAVENT FAIRE UNE FUSION SPÉCIALE.
JE NE L'AI PAS APPRIS PAR MON DRAGON, NI PAR MIO, QUI NE LES CONNAISSAIT PAS.
JE PENSE QUE LE FAIT D'ÊTRE MOI-MÊME UN "SPECIAL" ME PERMET DE COM-PRENDRE.
À PROPOS DES TROIS AUTRES...
... IL Y A LE RED PHOENIX ET LE BLACK...
RED PHOENIX ?!
!

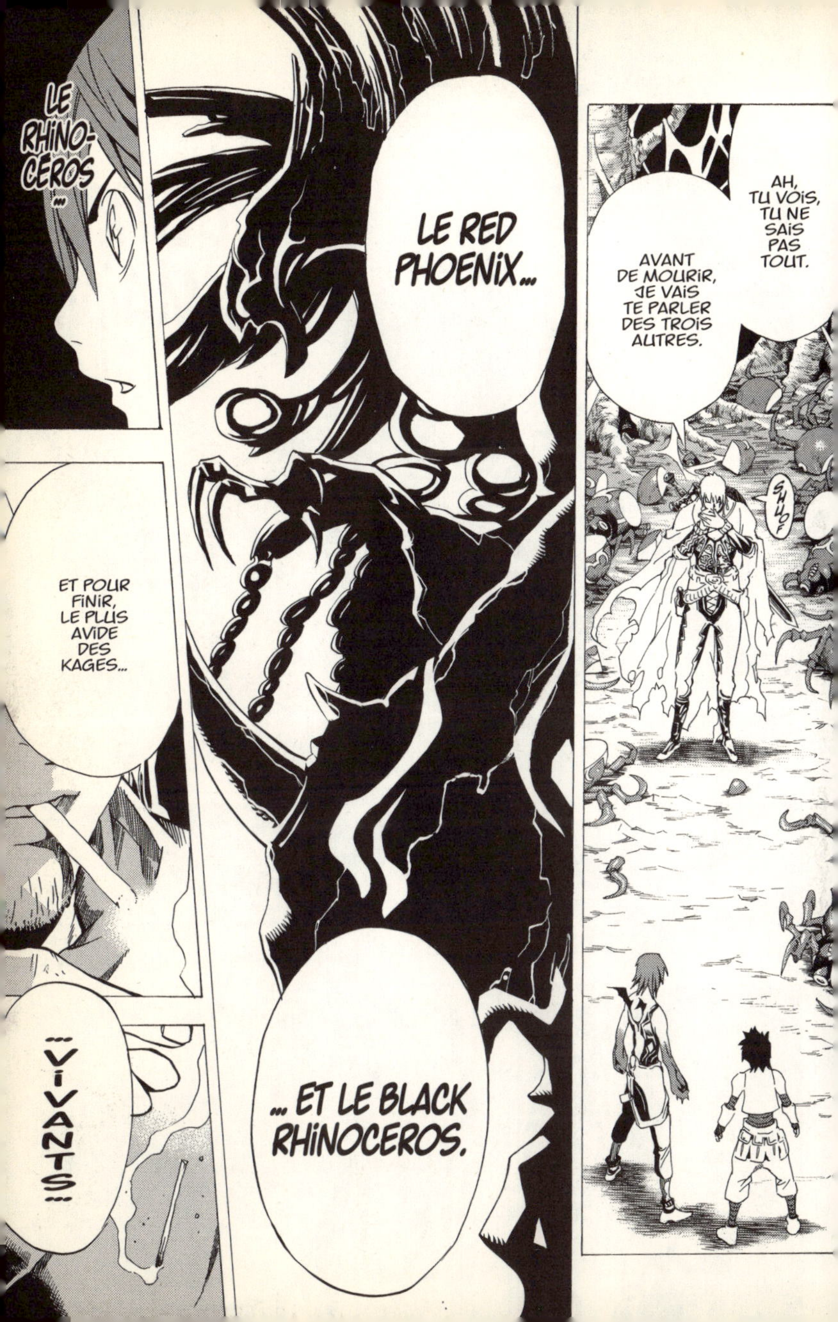
AH, TU VOIS, TU NE SAIS PAS TOUT.
AVANT DE MOURIR, JE VAIS TE PARLER DES TROIS AUTRES.
SHUOF
LE RED PHOENIX...
ET POUR FINIR, LE PLUS AVIDE DES KAGES...
... ET LE BLACK RHINOCEROS.
LE RHINO-CÉROS ...
...VIVANTS!!

... L'ÊTRE HUMAIN.
UN ÊTRE HUMAIN...
ZRAA
L'HUMAIN ?!
UN HUMAIN...
GRAD M'AVAIT DÉJÀ EXPLIQUÉ QUE LE KAGE AVAIT ÉTÉ ENGENDRÉ PAR LE DÉSIR ET L'AVIDITÉ.

EFFECTIVEMENT, L'ÊTRE VIVANT LE PLUS EN PROIE AU DÉSIR ET À LA CONVOITISE...
... EST L'ÊTRE HUMAIN.
COMME MOI QUI AI TOUJOURS ENVIE DE TRIPOTER DES SEINS.
GANETTE, LES TROIS AUTRES VEULENT LA MÊME CHOSE QUE NOUS ?
NON...
J'IGNORE OÙ LES TROUVER...
... ET NE SAIS S'ILS SONT VIVANTS OU MORTS.
JE N'EN SAIS PAS PLUS.
J'IGNORE S'ILS SONT NOS ALLIÉS OU NOS ENNEMIS.

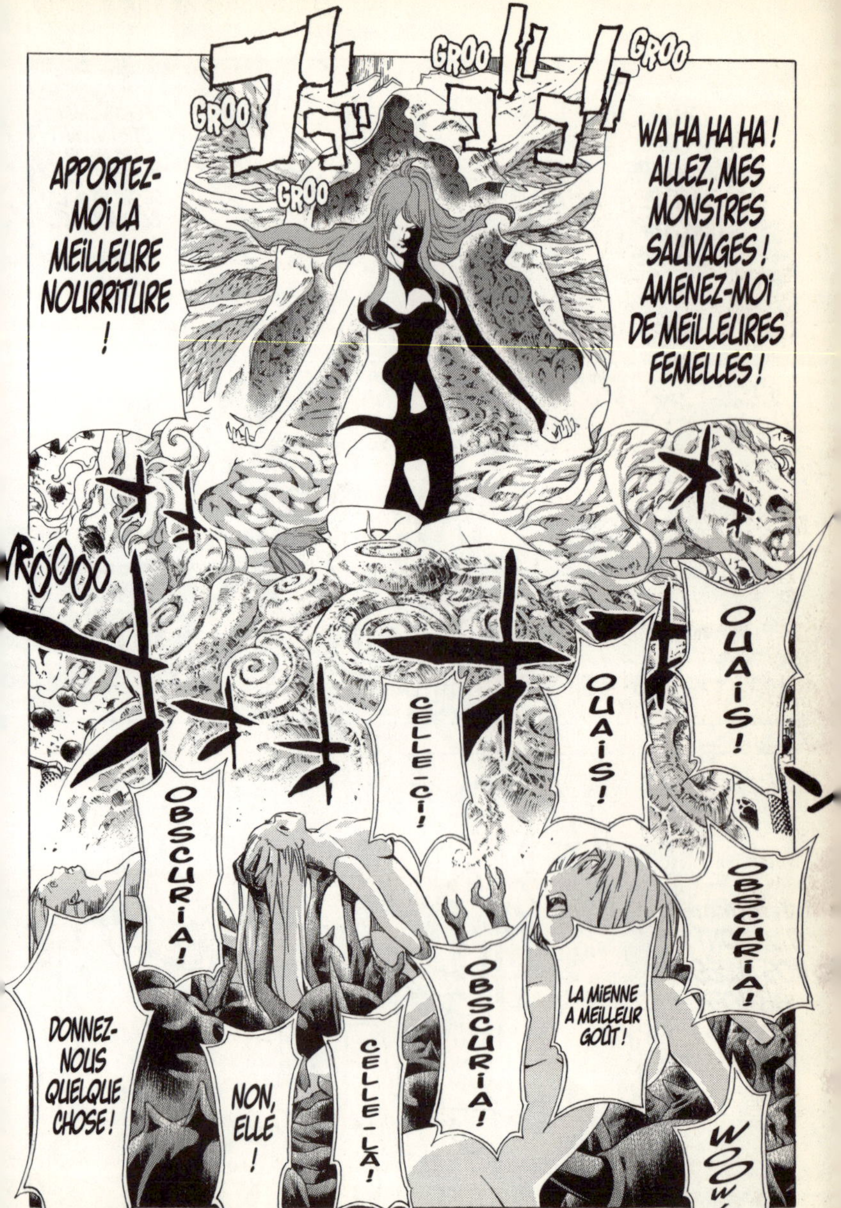
GROO
GROO
GROO
GROO
WA HA HA HA ! ALLEZ, MES MONSTRES SAUVAGES ! AMENEZ-MOI DE MEILLEURES FEMELLES !
APPORTEZ-MOI LA MEILLEURE NOURRITURE !
VROOOO
OUAIS !
OUAIS !
CELLE-CI !
OBSCURIA !
OBSCURIA !
LA MIENNE A MEILLEUR GOÛT !
OBSCURIA !
CELLE-LÀ !
NON, ELLE !
DONNEZ-NOUS QUELQUE CHOSE !
WOOOW !

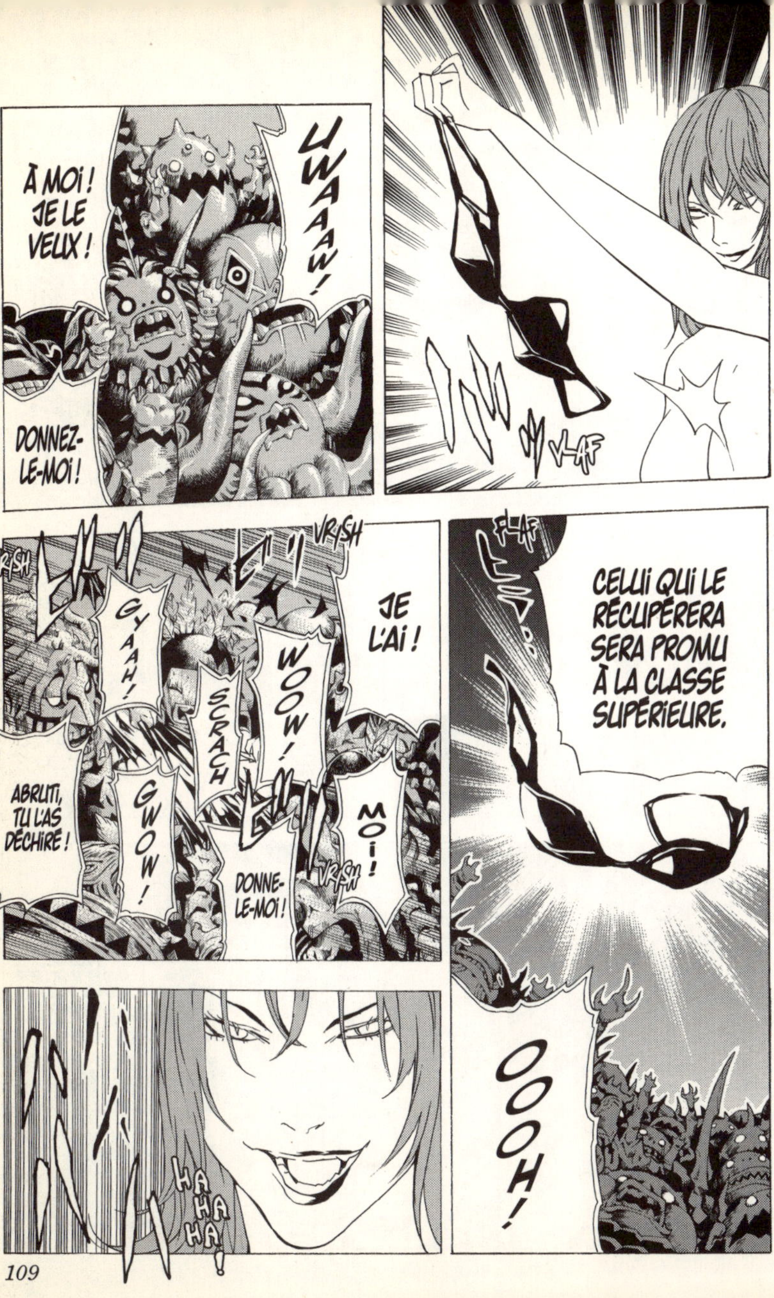
VLAF
UWAAAAW !
À MOI ! JE LE VEUX !
DONNEZ-LE-MOI !
FLAF
CELUI QUI LE RÉCUPÉRERA SERA PROMU À LA CLASSE SUPÉRIEURE.
OOOH !
VRISH
VRISH
JE L'AI !
WOOOW !
MOI !
SCRACH
GYAAAH !
GWOW !
VRISH
DONNE-LE-MOI !
ABRUTI, TU L'AS DÉCHIRÉ !
HA HA HA HA !

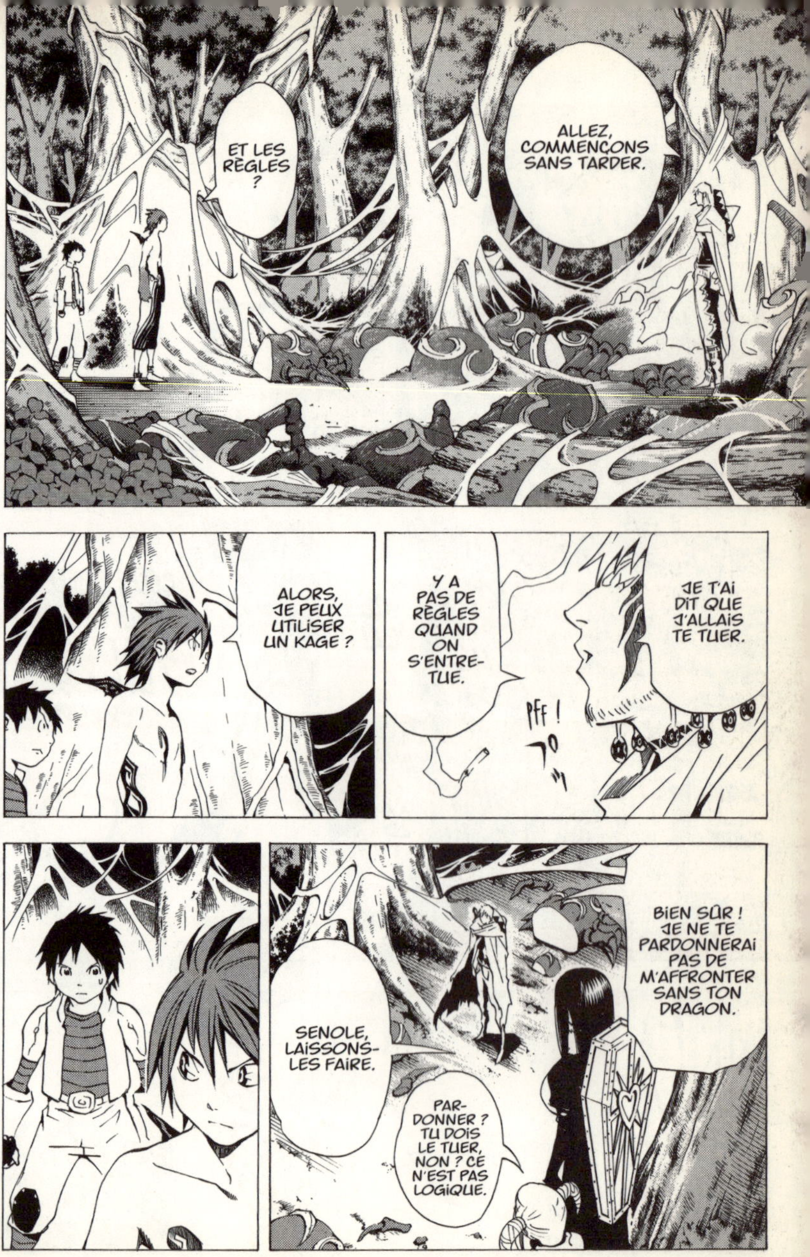
ALLEZ, COMMENCONS SANS TARDER.
ET LES RÈGLES ?
JE T'AI DIT QUE J'ALLAIS TE TUER.
PFF !
Y A PAS DE RÈGLES QUAND ON S'ENTRE-TUE.
ALORS, JE PEUX UTILISER UN KAGE ?
BIEN SÛR ! JE NE TE PARDONNERAI PAS DE M'AFFRONTER SANS TON DRAGON.
SENOLE, LAISSONS-LES FAIRE.
PAR-DONNER ? TU DOIS LE TUER, NON ? CE N'EST PAS LOGIQUE.

NE FAITES PAS DE MANIÈRES, VENEZ TOUS LES DEUX !
DANS CE CAS, JE NE VAIS PAS M'EN PRIVER.
GRISH
RAL, LAISSE-MOI Y ALLER LE PREMIER !
VLAF
NON, SUNSU, MOI D'ABORD !
ÇA ME FERA GAGNER DU TEMPS !
ZRASH
JE NE VAIS PAS ATTENDRE !
LE DRAGON EST MON SEUL ADVERSAIRE !

SUNSU, ATTENDS. ON DOIT GAGNER, ON Y VA TOUS LES DEUX.
LA FERME ! UN HOMME, UN VRAI, AFFRONTE SEUL SON ADVERSAIRE !
ZRUSH
HE...
CRAC
コキ・・
RAL EST PLUS MALIN QUE SUNSU.
GRAD, UNE FOIS MÉTAMORPHOSÉ, JE PEUX TENIR COMBIEN DE TEMPS SANS TOI ?
TRENTE SECONDES AU MAXIMUM.
C'EST AMPLEMENT SUFFISANT.
SUNSU, JE VAIS FONCER, COUVRE-MOI.
D'ACCORD !
VLAF
WAH HA HA !
SUNSU EST INCAPABLE DE TE PROTÉGER !
C'EST QUOI, CE MANÈGE ?! C'EST ÇA, VOTRE TACTIQUE ?!

DOSH
TIENS-TOI PRÊT, MONSIEUR ADIOS !
HE...
ZRUU

QUEL CRÉTIN ! IL M'ATTAQUE DE FRONT AVEC SON DRAGON.
BDOM
GAILA, ON FAIT COMME D'HABITUDE.
ZRASH

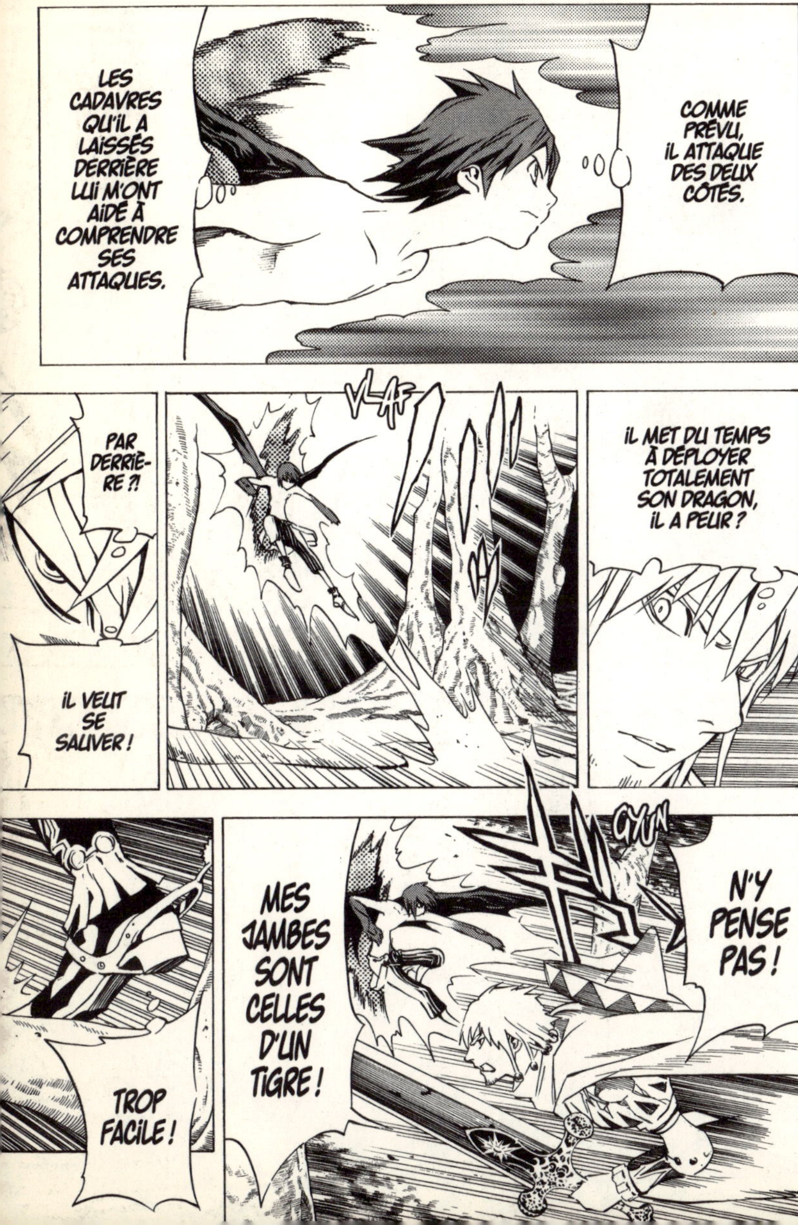
COMME PRÉVU, IL ATTAQUE DES DEUX CÔTÉS.
LES CADAVRES QU'IL A LAISSÉS DERRIÈRE LUI M'ONT AIDÉ À COMPRENDRE SES ATTAQUES.
IL MET DU TEMPS À DÉPLOYER TOTALEMENT SON DRAGON, IL A PEUR ?
VLAF
PAR DERRIÈ-RE ?!
IL VEUT SE SAUVER !
GYUN
N'Y PENSE PAS !
MES JAMBES SONT CELLES D'UN TIGRE !
TROP FACILE !

PSH !
ADIOS...
GANETTE, ATTENDS, SINON, TOI AUSSI, TU VAS MOURIR.
ZRUSH
AH ?
TU ME FAIS VRAIMENT PITIÉ...

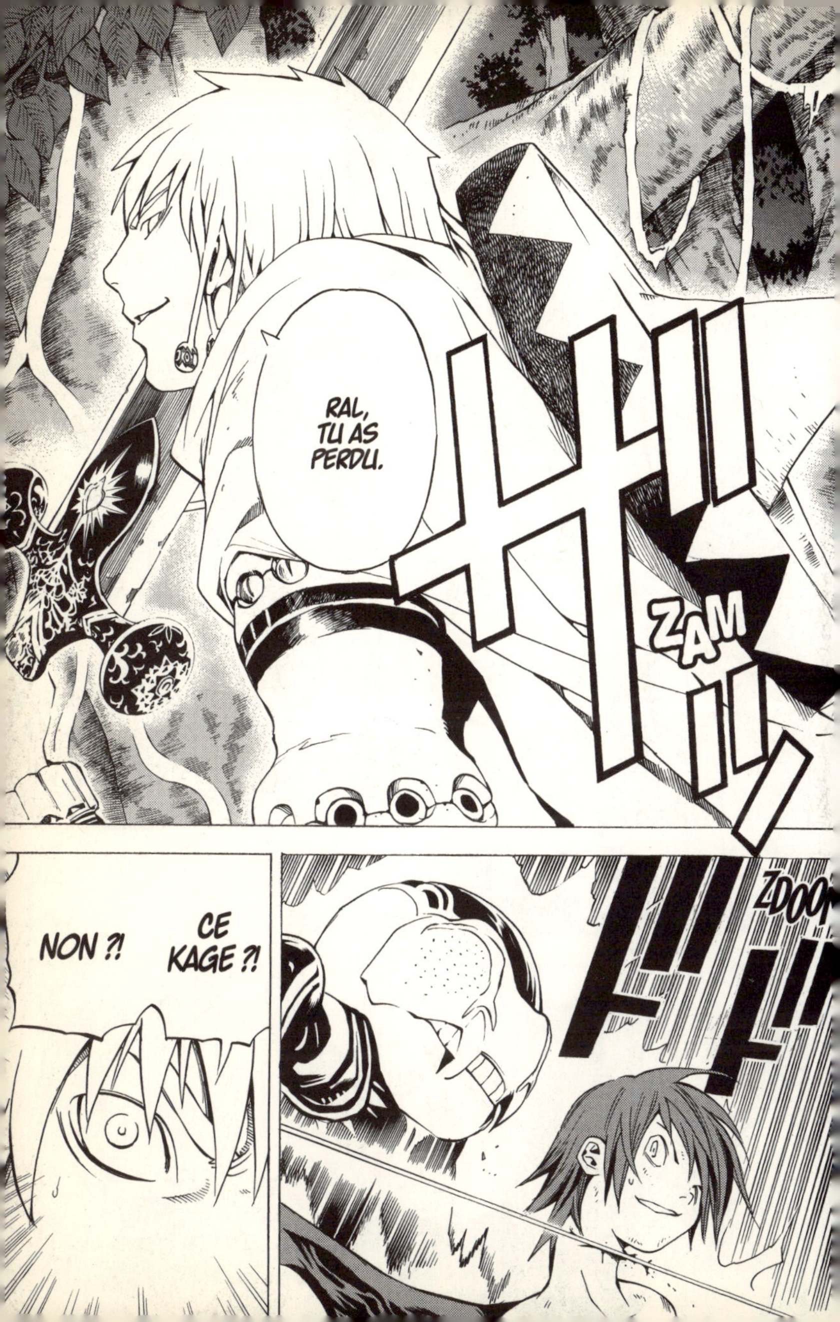
RAL, TU AS PERDU.
ZAM
ZDOO
CE KAGE ?!
NON ?!

CE N'EST PAS JUSTE !!
GROO
GROO
GROO
GROO
GANETTE SE RIDICULISE.
HA HA HA !
JE NE VOUS AI PAS VUS PERMUTER !
IL ME SUFFIT D'EFFLEURER LA PEAU POUR CRÉER DE L'OBSCURITÉ.
ZRUU
ZRUU

MINCE, ON A FAIT MATCH NUL.
NON...
SUNSU ET LE DRAGON VONT CONTINUER À VIVRE.
RAL, SUNSU, VOUS M'AVEZ EU.
PSHI
YOUPIIIIIIII!!

Blue Dragon

Ral Grad

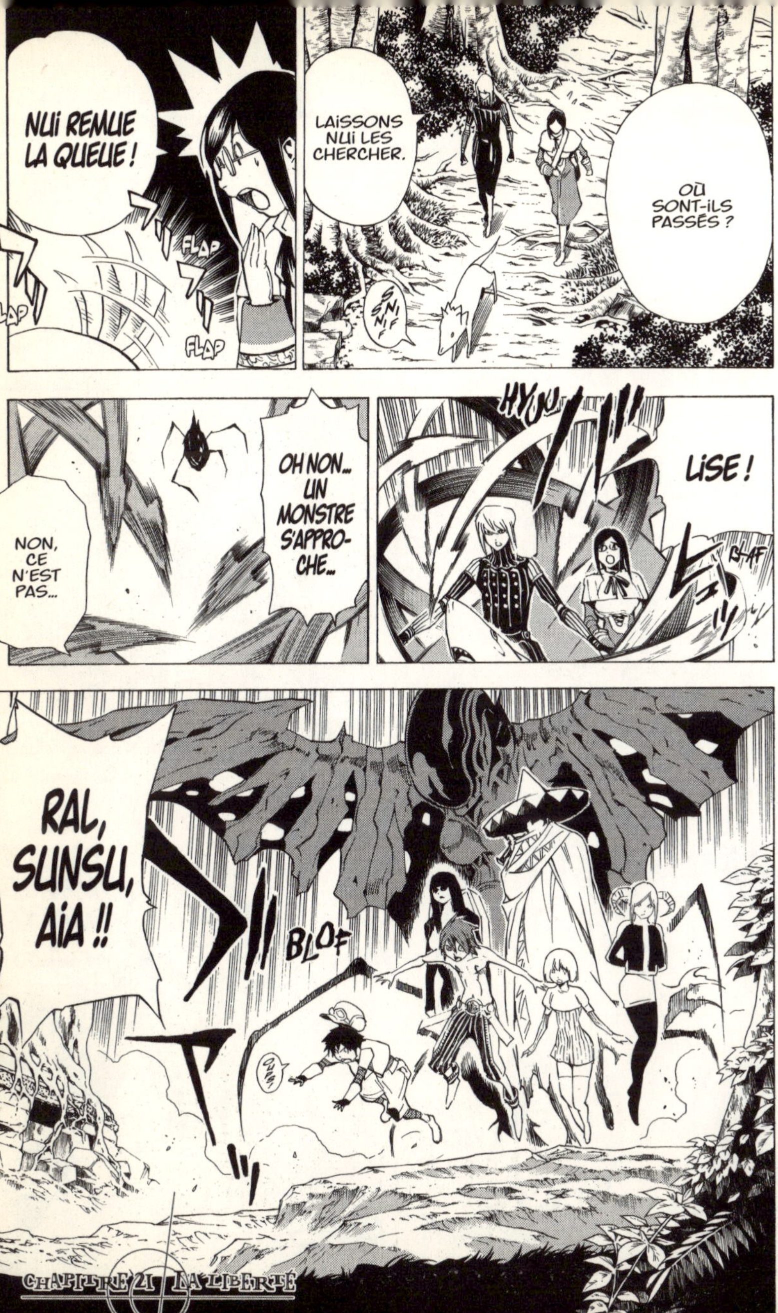
OÙ SONT-ILS PASSÉS ?
LAISSONS NUI LES CHERCHER.
SNIF SNIF
NUI REMUE LA QUEUE !
FLAP
FLAP
FLAP
HYUU
LISE !
BAF
OH NON... UN MONSTRE S'APPROCHE...
NON, CE N'EST PAS...
RAL, SUNSU, AIA !!
BLOF
CHAPITRE 21 LA LIBERTÉ

...
BON... IL FAUDRA S'Y FAIRE.
NOUS ALLONS ÊTRE OBLIGÉS D'ALLER SECOURIR UN HUMAIN.
C'EST GROTES-QUE.
RAL A GAGNE CONTRE GANETTE...
J'AI DU MAL À Y CROIRE.
ON S'Y EST PRIS À DEUX POUR ÉVITER UNE MORT INUTILE À GANETTE.
J'AI QUAND MÊME FAILLI ME FAIRE COUPER LA TÊTE.
HEIN ?
RAL, ÇA VA ?! MONTRE-MOI TA PLAIE !
NE T'INQUIÈTE PAS, ÇA IRA.
NON, IL FAUT LA SOIGNER CORREC-TEMENT.
ALLEZ, MONTRE-LA-MOI.

PROFESSEUR MIO...
JE NE CESSAIS DE RÉPÉTER QUE J'ALLAIS TUER OBSCURIA...
...
EN FAIT, JE CROIS QUE J'AI BESOIN DE VOTRE FORCE... DE CELLE DE KAFKA, MAIS AUSSI DE TES CONNAIS-SANCES.
CE MONDE REGORGE DE CHOSES QUE J'IGNORE.
MIO, J'AI BESOIN QUE TU ME LES ENSEIGNES.
GANETTE SERA AVEC NOUS, JE NE CRAINS PLUS QU'IL ME DEVANCE.
LA PRÉSENCE DU SEIGNEUR GANETTE À NOS CÔTÉS EST INESPÉRÉE.
RAL...
OUI, MAIS APRÈS LA LIBÉRATION, ON SE SÉPARERA.

QUOI, TU CROYAIS QUE JE VOULAIS QU'ON FASSE ÉQUIPE ?!
JE N'AI BESOIN DE TOI QUE POUR LA REMISE EN LIBERTÉ !
C'EST BON, TU ME FATIGUES !!
...
ZRASH
NE PERDONS PAS DE TEMPS, RENDONS-NOUS DANS L'ANCIEN PAYS ZANKA.
HEIN ?!
MAIS ZANKA EST LE PAYS OÙ SONT DÉTENUS LES HOMMES !
ON COMMENCE PAR MA SOEUR !!
VOUS N'AVEZ PAS REGARDÉ LA CARTE QUE JE VOUS AI LAISSÉE ?
ÉCOUTEZ-MOI. JE SUIS ALLÉ VOIR LES PAYS ZANKA ET NOAGIA.

LA PROTECTION DU CÔTÉ DE NOAGIA EST SOLIDE.
DES FEMMES !
DES FEMMES !
N'Y TOUCHE PAS, SINON TU SERAS EXÉCUTÉ.
DES FEMMES !
DES KAGES VIENNENT DE PARTOUT S'Y RINCER L'ŒIL.
ÇA GROUILLE DE KAGES DE TOUTES LES PUISSANCES.
TANDIS QUE DU CÔTÉ DES HOMMES LES GARDES SONT PEU NOMBREUX ET ONT L'AIR DE S'ENNUYER.
PFFH.
POUAH.
ON A TOUT INTÉRÊT À SE DÉBARRASSER D'ABORD DE CES MINABLES.

LES HOMMES LIBÉRÉS NOUS SERVIRONT DE SOLDATS POUR SECOURIR LES FEMMES.
ON SE FAIT LA MAIN ET, SI ÇA MARCHE, CELA NOUS AIDERA POUR LA SUITE.
C'EST UNE BONNE TACTI-QUE.
...
CES HOMMES NE DOIVENT PAS ÊTRE TRÈS PUISSANTS.
ILS RISQUENT DE SE FAIRE DÉVORER.
!
ON NE DEVAIT PAS PROTÉ-GER CES FEMMES, MÊME EN SACRI-FIANT DES HOM-MES ?
TOI QUI AS LÂCHEMENT ABANDONNÉ MA SŒUR, TU ME DONNES DES LEÇONS ?
SUNSU.
NE LE PRENDS PAS SUR CE TON, J'AI MON IDÉE POUR ÉVITER CE SACRIFICE.
JE CROIS MÊME QUE J'AI UN PLAN.
SHUF

AI-JE VRAIMENT LE CHOIX ?
IL NE VA PAS FAIRE ÇA...
GANETTE, TU N'Y PENSES PAS ?!
PAS DE FAMILIARITÉ, S'IL TE PLAIT.
LE TIGRE ET NOUS DEVONS PROGRESSER DANS CES TERRES.
VOUS, VOUS NOUS SURVOLEREZ AVEC LE DRAGON.
MÊME SI VOUS CROISEZ DES KAGES, NE VOUS ARRÊTEZ PAS.
TU PERDS ET C'EST TOI QUI NOUS DONNES DES ORDRES ?!
SUNSU, JE T'ÉCOUTE. JE SUIS PRÊT À SUIVRE TES INSTRUCTIONS.
EUH !
NE T'EN FAIS PAS, SUNSU, ON VA OBSERVER SA MÉTHODE.
À QUOI PENSENT-ILS ?
DU CALME, DU CALME.
ET MOI, TU CROIS QUE ÇA ME FAIT RIRE DE TE REGARDER ?!
JE N'EN AI PAS ENVIE, C'EST DU GASPILLAGE !

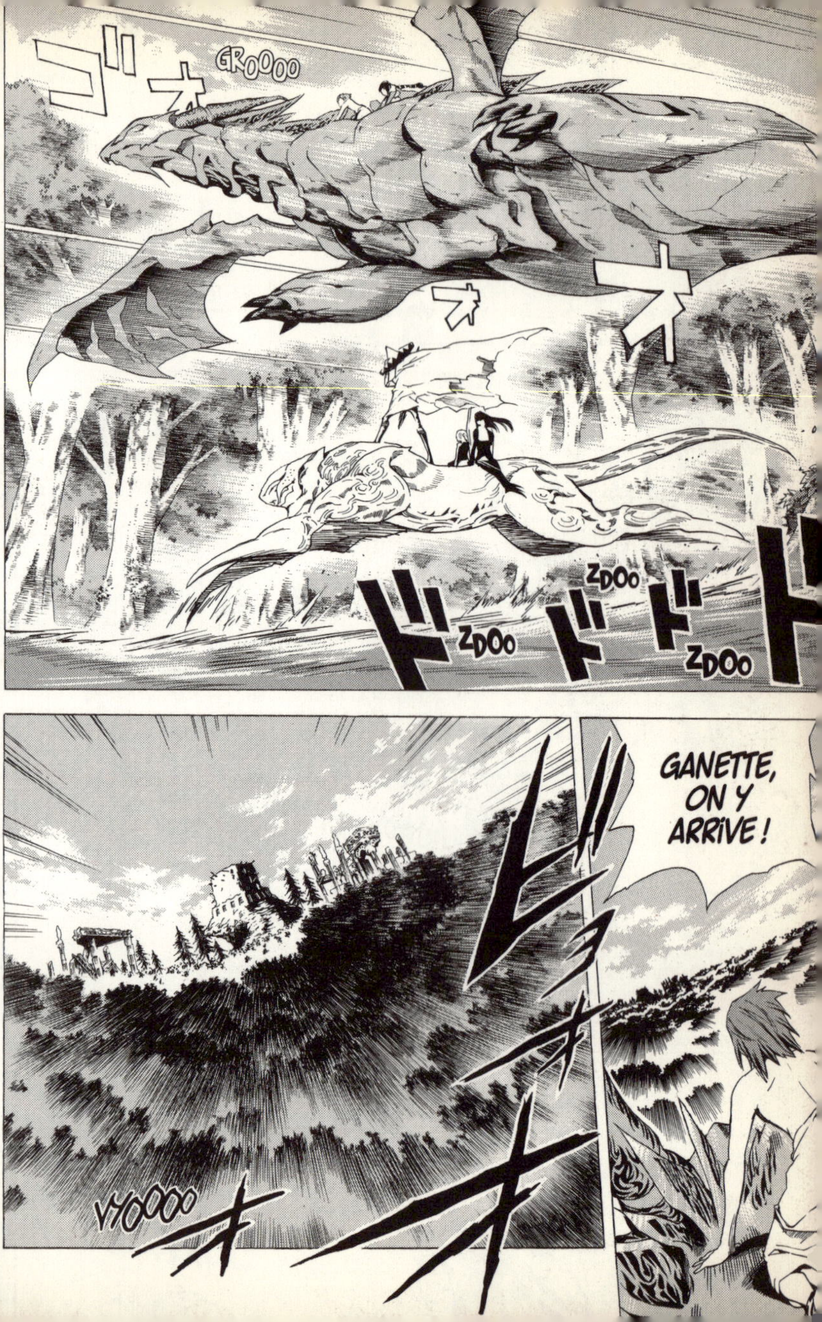
ゴォ
GROOOO
オ
オ
ZDOO
ドドドド
ZDOO
ZDOO
GANETTE, ON Y ARRIVE !
ビュオォォ
VYOOOO

CETTE COLLABORATION AVEC LE TIGRE ET LE DRAGON N'EST PAS MAUVAISE, MAIS...
SPAF
SHUU
RAL, À TOI MAINTENANT !
VLUF
VRAAA
OUI.
GANETTE, NOUS AUSSI !
?!

POURQUOI C'EST NOUS QUI DEVONS GARDER CES MECS ?
GRATTE GRATTE
PARCE QU'ON N'A PAS DE CHANCE.
WOOOO
?
WOOOW
UN TRUC DANS LE CIEL !
GAFFE ! IL ARRIVE SUR NOUS !!
UN DRAGON !!
LE BLUE DRAGON !!
BWOO

HEIN, QUOI ?!
VYUN
ET LÀ...?
WHITE TIGER...
BLUE DRAGON ET WHITE TIGER ? ÇA CRAINT.
ADIOS.
?!

ZRAAAASH
iL A RÉUSSI !
ZBOOM
ZBOOM
ZBOOM

ZDAM
?!

HI !!!...
QUI SONT-ILS ?!
DES KAGES...
PITIÉ... NE NOUS MANGEZ PAS !
J'VEUX PAS MOURIR !
ILS NE SONT PAS TRÈS ACCUEILLANTS... NOUS NE SOMMES PAS VOS ENNEMIS !
ILS SONT COMPLÈTEMENT TERRORISÉS.
HIIII...
STAP

NE VOUS INQUIÉTEZ PAS, NOUS SOMMES VENUS VOUS DÉLIVRER.
DÉLI-VRER ...?
...
ZUMF
GANETTE, ON DIRAIT QU'IL N'Y A PAS DE KAGES À L'INTÉRIEUR.
?!
ET ON A ÉLIMINÉ TOUS LES KAGES À L'EXTÉRIEUR.
GTAC GTAC
GANETTE, ÇA A BIEN FONCTIONNÉ.
LE... WHITE TIGER...
Y A AUSSI LE DRAGON ?!
ZAM

ALORS... QUI...
... ÊTES-VOUS ?
IL Y A COMBIEN D'HOMMES ICI ?
IL EN RESTE ENCORE ENVIRON 2 000 AU SOUS-SOL.
CE N'EST PAS SUFFISANT, MAIS ON FERA AVEC.
STAP
GRUUU
SHUF
VOUS VOYEZ, J'AI UN KAGE ET POURTANT JE SUIS DU CÔTÉ DES HUMAINS.
EST-CE QU'IL Y EN A PARMI VOUS QUI SOUHAITENT PORTER UN KAGE COMME MOI ET GAGNER LEUR LIBERTÉ EN LUTTANT CONTRE LEURS OPPRESSEURS ?
...
WAW
WAW
J'AI BIEN ENTENDU ?
WAW
LIBRES ?!
ON PEUT DEVENIR LIBRES ?!
ON VA POUVOIR SORTIR D'ICI ?
LEUR DONNER DES KAGES ?

SENOLE, LEELA.
OUI, ON SAIT. QUEL GÂCHIS...
PTAP
DÔNG
VOICI MON MONSTRE FÉLIN, MISHU.
MISHU, DONNE-MOI DE L'OBSCURITÉ.
ZRUU
ZRUU
ZRUU
ZRUU
MIAOU...

ZRUU
ZRUU
ZRUU
LORSQUE L'ON VOYAGE POUR TUER DES KAGES, ON RENCONTRE DES INDIVIDUS QUI VEULENT RETOURNER DANS LE MONDE DES TÉNÈBRES POUR QUITTER LES ANIMAUX OU LES FAIBLES HUMAINS QU'ILS AVAIENT PARASITÉS.
COMME CES 89 KAGES QUI ONT RÉPONDU À NOTRE INVITATION.
MISHU, LE KAGE DE SENOLE, EST CAPABLE DE CRÉER L'OBSCURITÉ, MAIS AUSSI D'ATTRIBUER UN KAGE À UN HUMAIN.
GROO
GROO
GROO
QUE SE PASSE-T-IL ?!
ALORS, LES GARS ?
LIBERTÉ... FEMME...
VOUS VOULEZ DÉLIVRER UNE FEMME EN ÉCHANGE DE LA LIBERTÉ ?
L'OBSCURITÉ...

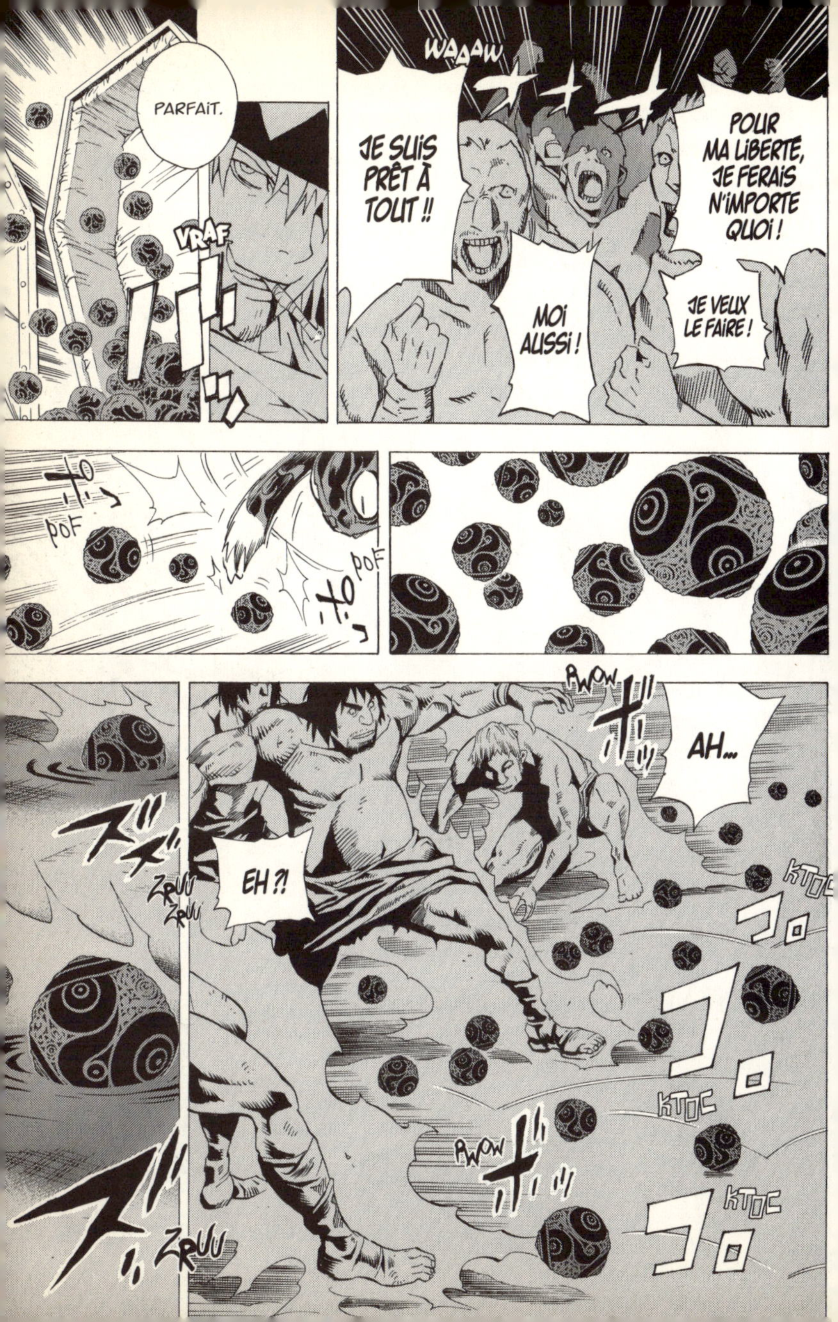
WAAAW
POUR MA LIBERTÉ, JE FERAIS N'IMPORTE QUOI !
JE SUIS PRÊT À TOUT !!
JE VEUX LE FAIRE !
MOI AUSSI !
PARFAIT.
VRAF
POF
POF
RWOW
AH...
EH ?!
ZRUU ZRUU
KTOC
KTOC
RWOW
KTOC
ZRUU

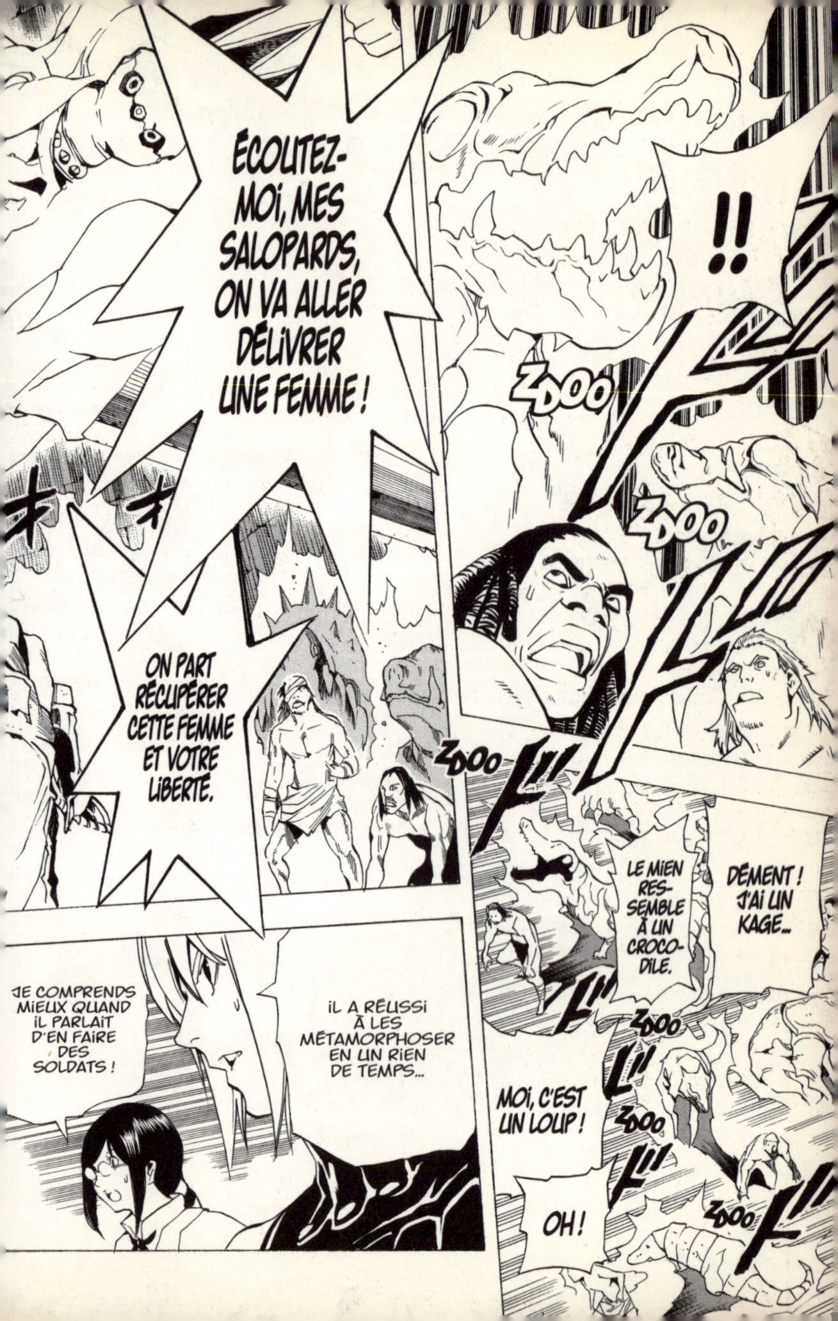
ÉCOUTEZ-MOI, MES SALOPARDS, ON VA ALLER DÉLIVRER UNE FEMME !
ON PART RÉCUPÉRER CETTE FEMME ET VOTRE LIBERTÉ.
IL A RÉUSSI À LES MÉTAMORPHOSER EN UN RIEN DE TEMPS...
JE COMPRENDS MIEUX QUAND IL PARLAIT D'EN FAIRE DES SOLDATS !
!!
ZDOO
ZDOO
ZDOO
DÉMENT ! J'AI UN KAGE...
LE MIEN RES-SEMBLE À UN CROCO-DILE.
ZDOO
MOI, C'EST UN LOUP !
ZDOO
OH !
ZDOO

ALLEZ, LES GARS, ON VA BIEN S'AMUSER !!
WOOOOW
RAL... TU AS VU CE QU'A FAIT GANETTE ?!
OUI, C'EST BIEN. ÇA NE M'EMPÊCHERA PAS DE TUER OBSCURIA MOI-MÊME.

Blue Dragon

Ral Grad

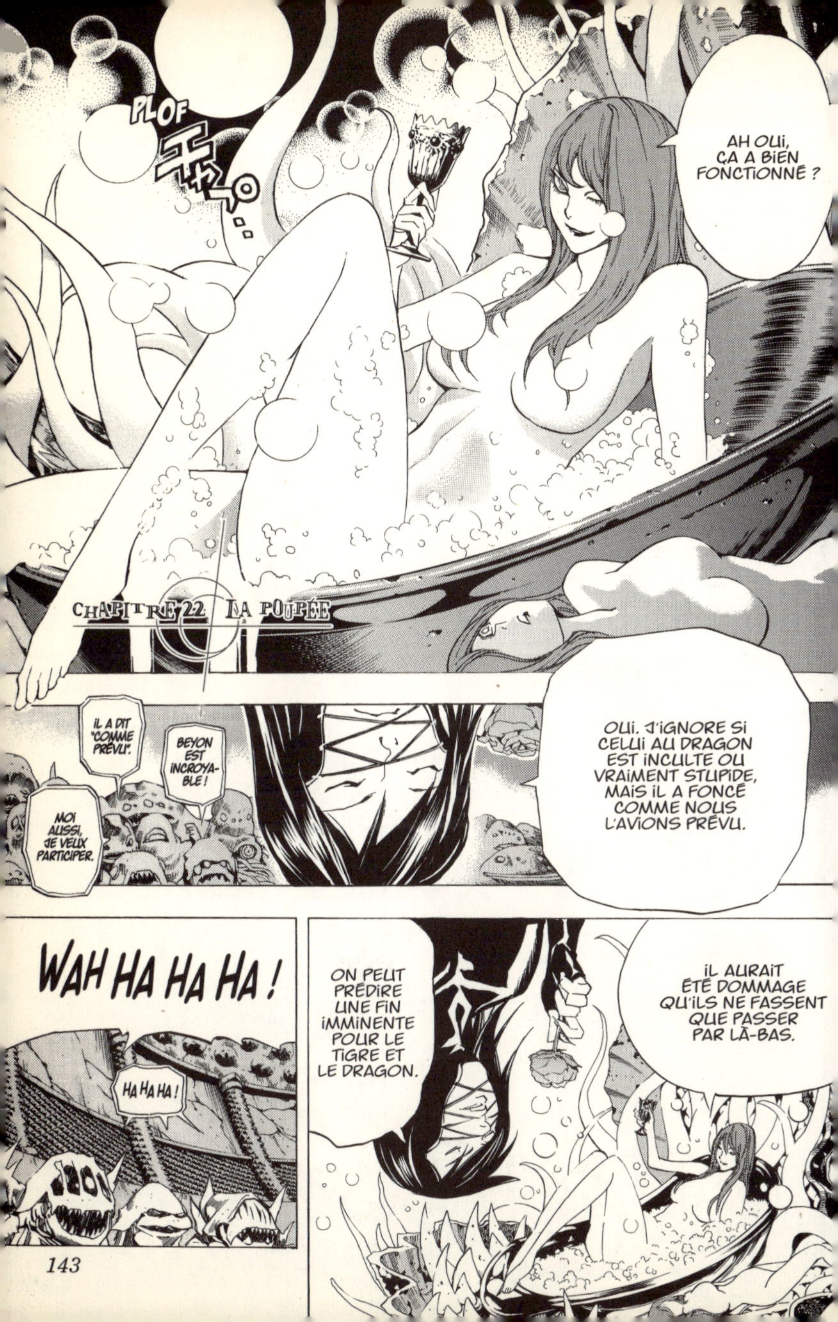
PLOF
AH OUI, ÇA A BIEN FONCTIONNÉ ?
CHAPITRE 22 LA POUPÉE
OUI. J'IGNORE SI CELUI AU DRAGON EST INCULTE OU VRAIMENT STUPIDE, MAIS IL A FONCÉ COMME NOUS L'AVIONS PRÉVU.
BEYON EST INCROYABLE !
IL A DIT "COMME PRÉVU".
MOI AUSSI, JE VEUX PARTICIPER.
IL AURAIT ÉTÉ DOMMAGE QU'ILS NE FASSENT QUE PASSER PAR LÀ-BAS.
ON PEUT PRÉDIRE UNE FIN IMMINENTE POUR LE TIGRE ET LE DRAGON.
WAH HA HA HA !
HA HA HA !

ZDOO
ZDOO
ZDOO ZDOO
LIBÉRER LES FEMMES SERA MOINS FACILE QUE POUR VOUS.
VOUS ÊTES PRÉVENUS !!
IL A MÊME CRÉÉ UNE ÉQUIPE DE CAVALIERS AVEC DES CHEVAUX DOMESTIQUES.
IL NE LAISSE RIEN AU HASARD.
SUNSU, QUEL ÂGE A TA SOEUR ?
18 ANS.
AH, COMME RAL ! ELLE DOIT ÊTRE GENTILLE.
ON SE CHAMAILLAIT SANS ARRÊT, MAIS ELLE EST COOL.
ON VA FAIRE TOUT NOTRE POSSIBLE POUR LA LIBÉRER.
WOOOW
Ai.
J'ESPÈRE QUE TU ES TOUJOURS VIVANTE...

ZDOO
ZDOO
ZDOO
ZDOO
ZDOO
SEIGNEUR GANETTE, IL Y A UN DÉTAIL QUI CLOCHE.
JE LE SAIS.
MAIS IL VAUT MIEUX ÉVITER D'EN PARLER SOUS PEINE D'EFFRAYER LES GARS.
DE NOMBREUX KAGES ONT VU LE TIGRE ET LE DRAGON,
APRÈS LES AVOIR LIBÉRÉS AVEC FRACAS, NOUS SOMMES DÉSORMAIS VISIBLES...
POURTANT, AUCUN KAGE NE VIENT NOUS ATTAQUER.
ILS ONT CERTAINEMENT DEVINÉ NOS INTENTIONS ET DOIVENT NOUS ATTENDRE CHEZ LES FEMMES.

RAL, TU AS REMARQUÉ ?
HUM ?
ZRAHA
IL N'Y A AUCUN KAGE.
TU NE TROUVES PAS ÇA SUSPECT ?
TU AS RAISON ...
ON NOUS TEND UN PIÈGE ?
UN PIÈGE ?!
APRÈS AVOIR LIBÉRÉ LES HOMMES, ILS PRÉVOIENT QU'ON IRA CHEZ LES FEMMES.
ON PEUT IMAGINER QUE LES FEMMES ONT ÉTÉ DÉVORÉES ET TRANSFORMÉES EN SECONDS OU EN THIRDS.
SHAAA
QUOiiii ?!
JE NE VEUX PAS !
CE N'ÉTAIT QU'UNE SUPPOSITION !
T'INQUIÈTE PAS, TA SOEUR EST CERTAINEMENT VIVANTE.

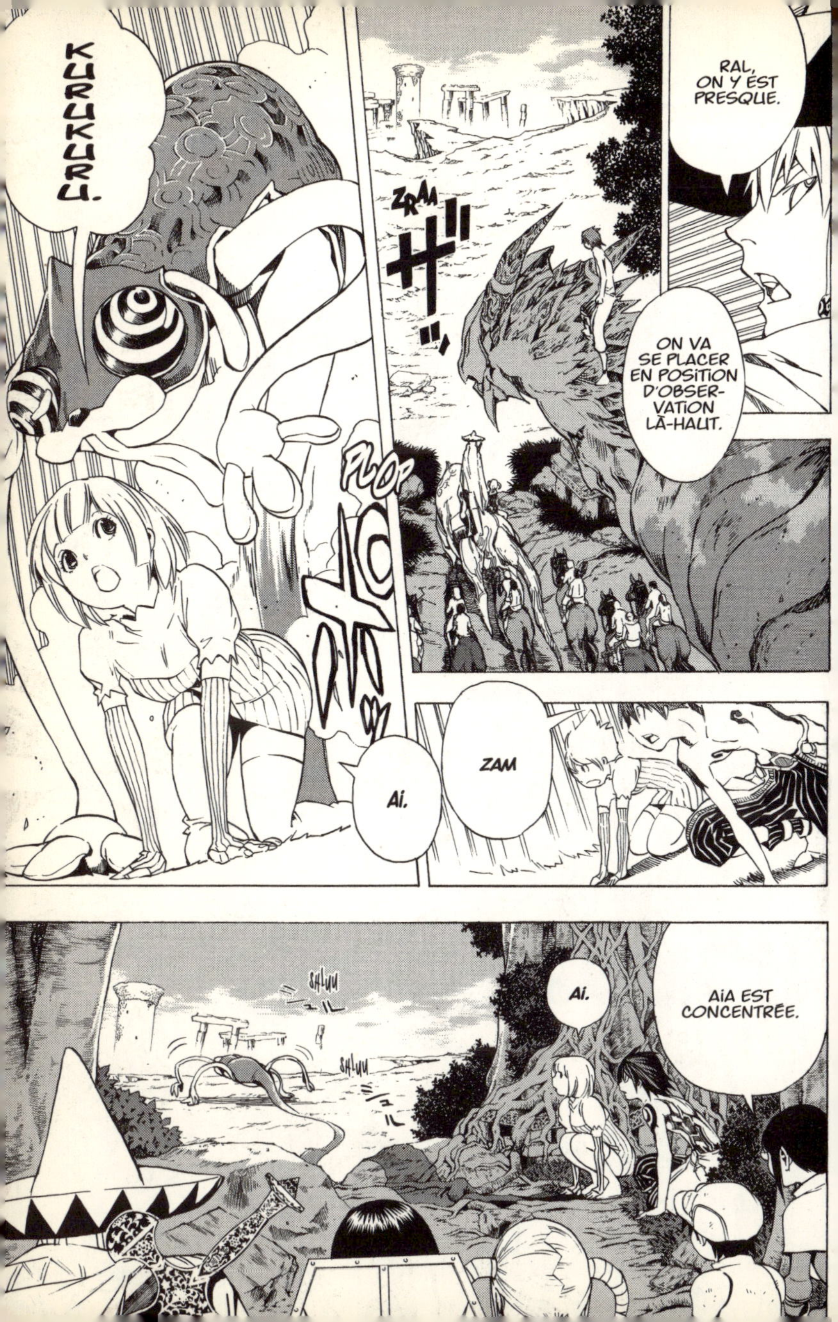

RAL, ON Y EST PRESQUE.
ZRAA
ON VA SE PLACER EN POSITION D'OBSERVATION LÀ-HAUT.
KURUKURU.
PLOP
ZAM
Ai.
AiA EST CONCENTRÉE.
Ai.
SHLUU
SHLUU

FEMMES ! FEMMES !
VA-T'EN !
DEHORS, LES BADAUDS !
GYAA !
MONTREZ-NOUS LES FEMMES !
C'EST PAS JUSTE !
GYAA !
ÇA GROUILLE DE KAGES PAR ICI. ILS VEULENT LES FEMMES !
ÇA N'A PAS CHANGÉ DEPUIS MA DERNIÈRE VISITE.
NOUS SOMMES ASSEZ NOMBREUX POUR FONCER ET ALLER DÉLIVRER MA SOEUR !
DU CALME, MORVEUX.
JE SUIS HABITUÉ AUX COMBATS, JE VAIS ALLER LES OBSERVER. ALORS, RESTEZ CALMES.
ZAM
VOUS Y ALLEZ SEUL ?!
ENCORE UN ORDRE...
SUNSU...

STAP
STAP
STAP
TARDES !
!
OH ?!
GYAA !
UN KAGE !
GYAA !
LE WHITE TIGER !
IL DIT "BONJOUR".
"TARDES" ?

WHITE TIGER EST ARRIVÉ !
TUEZ-LE !
DINGUE !
ALLEZ, AU TRAVAIL ! TUEZ-LE !
IL EST VRAIMENT VENU !
C'EST LE VRAI !
SHAA SHAA
PROTÉGEZ NOS FEMMES !
LES FEMMES !
À MORT !
DÉPÊCHEZ-VOUS !
SILENCE !
PTAP
C'EST YAYA-CHAN !
ZBAM
YAYA-CHAN EST ARRIVÉE !
ELLE EST LÀ !
YAYACHAN !!
GTAC
GTAC
GTAC

YAYACHAN EST ARRIVÉE !!
MIGNONNE !
ZDOO
J'VEUX ME MARIER !
ZDOO
ZDOO
YAYA-CHAN, T'ES BELLE !
ZDOO
WHITE TIGER EST MON ADVERSAIRE.
MAIS... C'EST...
BIRA EST BELLE, YAYACHAN MIGNONNE !

VRISH
AÏÏE !
CESSEZ DE ME DÉRANGER, VOUS ÊTES TROP BRUYANTS !
SHUUU
VRISH
URRG...
ERRPS !
BWOW
ELLE N'A FAIT QUE SOULEVER LÉGÈREMENT SON BRAS...
ELLE EST TERRIBLEMENT MIGNONNE !!
RED PHOENIX !!
LA FUSION SPÉCIALE !
ZRUU ZRUU
C'EST ELLE...

TADEOS...
GTAC
GTAC
HEUREUSEMENT QU'ON AVAIT PRIS NOS DISTANCES...
CELLE-LÀ A L'AIR BIEN PLUS CORIACE QUE TOUS LES AUTRES QUE J'AI RENCONTRÉS.
FLAP
TU ES DU CÔTÉ DES HUMAINS. TU ES IDIOT ?
CETTE PLANÈTE APPARTIENDRA À BIRA ET AUX KAGES. LES HUMAINS SERONT EXTERMINÉS.
MOI, JE NE LA LAISSERAI...
... PAS FAIRE.
GANETTE N'A PAS L'AIR À L'AISE.
HUM.
ELLE LE DIT SANS LA MOINDRE EXPRESSION SUR SON VISAGE...
RAL !
ALLONS-Y !
DASH

JE VOUS AVAIS DIT DE NE PAS APPROCHER !
ZAM
TU ES UN "SPECIAL", ALORS POURQUOI T'ALLIER AVEC LES KAGES ?
LA FORCE EST DU CÔTÉ DES KAGES.
GROO
GROO
GROO
YAYACHAN, CE N'EST PAS À TOI QUE JE PARLE, MAIS...
... AU PHÉNIX.
AH BON ?

LE PHÉNIX EST INTELLIGENT.
SI LES HUMAINS GAGNENT, IL IRA DANS LE MONDE NOIR. SI LES KAGES L'EMPORTENT, IL EST PRÊT À VIVRE DANS LE MONDE DE LA LUMIÈRE.
ALORS, JE VAIS RÉPONDRE À LA PLACE DU PHÉNIX.
MA PETITE, SI ON SUIT TA LOGIQUE, SI LES KAGES GAGNENT TU TE FERAS DÉVORER PAR LE PHÉNIX.
GROO
GROO
NON.
GROO
GROO
J'AI NÉGOCIÉ AVEC LA REINE BIRA.
SI JE VOUS TUE, ELLE DEVIENDRA MON AMIE.
MÊME SI NOUS LE SOMMES DÉJÀ.
BIEN !
RAL ? COMMENT ÇA "BIEN" ?!

SI ON LUI FAIT COMPRENDRE QUE LES HUMAINS VONT GAGNER, ELLE SERA AVEC NOUS.
N'IMPORTE QUOI ! ELLE N'ÉPROUVE PAS LA MOINDRE ÉMOTION QUI FERAIT D'ELLE UN HUMAIN.
AI.
PROFESSEUR MIO A RAISON.
CE GENRE DE GAMINE EST BIEN PLUS DANGEREUSE QU'UN ADULTE PRÉPARÉ AUX COMBATS.
IL SUFFIRA DE LA FAIRE SE REPENTIR.
IMPOSSIBLE, IL FAUT LA TUER.
GROO GROO GROO
QUE ME RACONTEZ-VOUS ? C'EST VOUS QUI ALLEZ BIENTÔT MOURIR.
POUR CELA, IL FAUDRA SE BATTRE.
LA SEULE CERTITUDE, C'EST QUE L'UN DE NOUS DEVRA DISPARAITRE.

ALORS, JE VOUS FAIS UNE DERNIÈRE PROPOSITION.
VOUS NE VOULEZ PAS VIVRE EN PAIX AVEC NOUS ?
ZRUU
ZRUU
?
HEIN ?
GTAC
GTAC
DEMANDEZ AU TIGRE ET AU DRAGON DE DEVENIR NOS AMIS.
ALORS, BIRA ET MOI...
... DEVIENDRONS VOS AMIES. TOUT COMME TOUTES LES JOLIES FILLES QUI SONT ICI.
ZRUU
GTAC
ÇA A L'AIR SYMPA.
EN REVANCHE, LES AUTRES HUMAINS SERONT EXÉCUTÉS, C'EST ÇA ?
GTAC
GTAC
!!

MA SOEUR !!
MA SOEUR !
?
QUE VEUT CE GARÇON ?!
DASH

MA SOEUR !
ZRAA
SUNSU ?!
NE T'APPROCHE PAS.
NON, IL NE FAUT PAS !
SUNSU !
STAP STAP STAP
ZRUU
MA SOEUR !...
SUNSU...

VRISH
SUNSU !
!!
VOUS AUTRES, N'APPROCHEZ PAS.

3 LE CHANGEMENT FIN

DANS LE PROCHAIN VOLUME...

Blue Dragon

Ral Ω Grad

VOLUME 4 À PARAÎTRE EN JUILLET 2009

L'ÉPOPÉE BLUE DRAGON

"BLUE DRAGON" A LE VENT EN POUPE.
EN DEUX ANS, LA SÉRIE A ACCÉDÉ À LA
RECONNAISSANCE DU GRAND PUBLIC
D'UNE MANIÈRE INHABITUELLE.
VOYONS LES DIFFÉRENTES ÉTAPES QUI ONT
CONDUIT "BLUE DRAGON" DU JEU VIDÉO AU
MANGA QUE VOUS TENEZ ENTRE LES MAINS.

FINAL FANTASY + DRAGON QUEST = BLUE DRAGON (?)

Dès le départ, le jeu "Blue Dragon" sur Xbox 360 avait l'ambition d'être une référence forte. En effet, la console de Microsoft se vendait plutôt mal dans l'archipel face à ses concurrentes japonaises (Wii et PS3). Il fallait donc des jeux capables, à eux seuls, de relancer les ventes. "Blue Dragon" est l'un d'eux.

Il a été développé par Mist Walker, éditeur dont les membres du noyau dur ont œuvré sur la série des "Final Fantasy", une des références du jeu de rôle sur console (RPG). Pour frapper un grand coup avec "Blue Dragon", l'éditeur a fait appel au mangaka Akira Toriyama ("Dragon Ball", "Dr. Slump", etc.) pour le character design. Toriyama occupe depuis des années ce poste sur une autre série mythique de RPG : "Dragon Quest".

Hironobu Sakaguchi, ici producteur, scénariste, game designer et membre éminent de Mist Walker, avait déjà travaillé avec le mangaka sur "Chrono Trigger" en 1995, un des jeux mythiques sortis sur Super Nintendo (encore une fois un RPG).

Le jeu "Blue Dragon", sorti au Japon le 7 décembre 2006, fut un succès immédiat. Il faut dire que les premières publicités annonçant le staff avaient été diffusées dès 2005 ! "Blue Dragon" reste à ce jour le titre le plus vendu au Japon sur cette console, poussant par là même la vente des consoles.

Un des points forts de ce soft est le système de combat à l'occidentale, ce qui a facilité sa pénétration sur les marchés américains et européens. Mais ce n'est pas tout : sa durée de vie s'accroît à l'aide d'extensions téléchargeables via une connexion internet au Xbox Live.

Les versions manga

Mais le terrain avait déjà été préparé fin 2006 avec la sortie de deux mangas. Le premier, intitulé "Blue Dragon ST" (*ST* pour "Secret Trick") et publié dans le mensuel "Gekkan Shônen Jump", se poursuivit 7 mois. Dessiné par Ami Shibata ("Papuwa-kun", etc.), il est principalement humoristique, et les évènements qu'il raconte se déroulent quatre ans après ceux décrits dans le jeu vidéo. Ce court manga de 48 pages est prépublié à la fin d'une autre série de Shibata, "Freeman".

Le jour même de la première parution de "Blue Dragon ST" a commencé, dans un autre magazine de la Shûeisha, "Shûkan Shônen Jump", la prépublication de "Blue Dragon Ral Ω Grad", dont vous venez de terminer la lecture du volume 3.
Cette œuvre se passe, cependant, dans un univers totalement différent de celui du jeu vidéo.

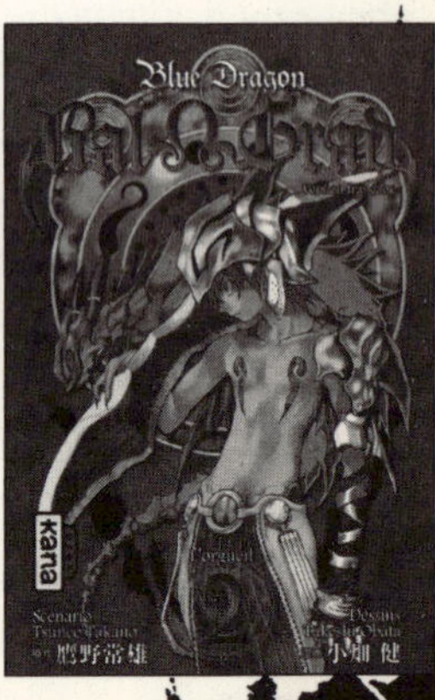

Les tomes 1 et 2 de la version française de "Blue Dragon Ral Ω Grad".

Les versions animées

Les parutions sur un support entraînèrent des sorties sur d'autres médias, et il ne fallut pas attendre longtemps avant que "Blue Dragon" devienne une série d'animation. Dès avril 2007, la série "Blue Dragon" est diffusée tous les samedis matin de 9 h à 9 h 30 sur les chaînes appartenant au réseau de TV Tokyo. L'animé est produit par Pierrot ("Naruto", "Bleach", etc.). L'histoire, bien que proche du jeu vidéo, inclut des personnages ou des éléments nouveaux.

Destiné à un public plutôt jeune et diffusé dans un créneau horaire adéquat, l'animé n'a pas tardé à devenir une des séries du moment. Avec un taux d'audience* maximum de 5,8 %, l'animé a réussi à se placer plusieurs semaines dans le top 10 des séries animées les plus regardées au Japon.

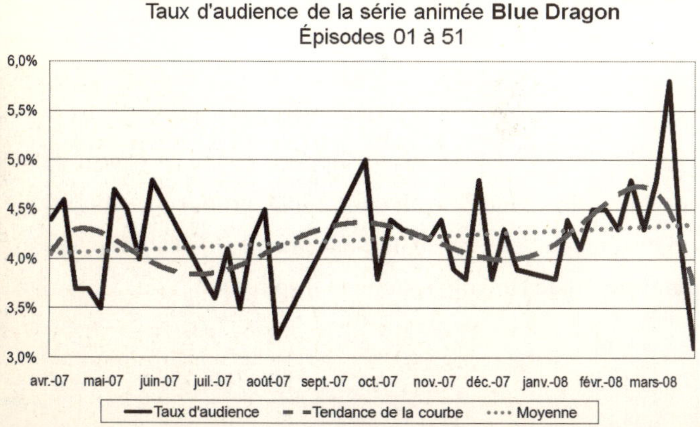

** Les taux d'audience s'entendent en pourcentage moyen de téléspectateurs ayant regardé l'animé dans la région du Kantô lors de la première diffusion.*

Au bout de 51 épisodes, la série prend fin pour mieux revenir sous le titre "Blue Dragon Tenkai no 7 Ryû" (Les 7 Dragons célestes) dès le 5 avril 2008. Elle est encore actuellement en cours de diffusion au Japon, et on ignore si le nombre d'épisodes dépassera 46. Cette seconde saison reprend, bien entendu, le staff et le casting de la première série.

Les jeux sur DS

En septembre 2009 est sortie au Japon la première *sequel* de "Blue Dragon" sur Nintendo DS, sous le titre "Blue Dragon Plus". Appartenant au genre Real Time Simulation RPG, ce soft s'impose comme une suite à la version Xbox. L'histoire se déroule un an après celle du premier jeu. Ce jeu est encore une fois développé sous la houlette de Hironobu Sakaguchi.

Une suite intitulée "Blue Dragon Ikai no Kyojû" est prévue sur cette même console courant 2009.

Ce qui frappe dans la licence "Blue Dragon", c'est la fulgurance avec laquelle elle a envahi divers supports et a su conquérir les fans. Le manga "Blue Dragon Ral Ω Grad" propose, parmi la riche variété d'adaptations du jeu original, une vision différente du monde de "Blue Dragon", fortement inspirée par ses deux auteurs.

Uchû Senshi Edomondo
http://www.animemorial.net

Date	*Chronologie de la série Blue Dragon*	*Support*
12/04/06	*Début de la prépublication du manga "Blue Dragon ST" dans "Gekkan Shônen Jump".*	*Manga*
12/04/06	*Début de la prépublication du manga "Blue Dragon Ral Ω Grad" dans "Shûkan Shônen Jump"*	*Manga*
12/07/06	*Sortie japonaise du jeu "Blue Dragon" sur Xbox*	*Jeu vidéo*
28/11/06	*Sortie japonaise des figurines "Blue Dragon Character Goods"*	*Divers*
4/07/07	*Début de la diffusion japonaise de la série animée "Blue Dragon"*	*Télévision*
21/04/07	*Sortie japonaise des jeux de trading cards "Blue Dragon RCPG"*	*Divers*
6/06/07	*Fin de la prépublication du manga "Blue Dragon ST" dans "Gekkan Shônen Jump"*	*Manga*
7/09/07	*Fin de la prépublication du manga "Blue Dragon Ral Grad" dans "Shûkan Shônen Jump"*	*Manga*
24/08/07	*Sortie européenne du jeu "Blue Dragon" sur Xbox*	*Jeu vidéo*
28/08/07	*Sortie américaine du jeu "Blue Dragon" sur Xbox*	*Jeu vidéo*
11/01/07	*Réédition à bas prix du jeu "Blue Dragon" sur Xbox*	*Jeu vidéo*
29/03/08	*Fin de la diffusion japonaise de la série animée "Blue Dragon"*	*Télévision*
4/05/08	*Début de la diffusion japonaise de la série animée "Blue Dragon Tenkai no 7 Ryû"*	*Télévision*
9/04/08	*Sortie japonaise du jeu "Blue Dragon Plus" sur Nintendo DS*	*Jeu vidéo*
Courant 2009	*Sortie japonaise du jeu "Blue Dragon Ikai no Kyojû" sur Nintendo DS*	*Jeu vidéo*

DARK kana
DEATH NOTE
UN THRILLER PSYCHOLOGIQUE IMPLACABLE
DANS UN UNIVERS BIEN DARK
Light, un brillant lycéen, découvre le carnet d'un dieu de la Mort. Tous ceux dont le nom y est inscrit sont condamnés à mourir ! Un duel sans merci s'engage entre Light, le justicier, et L, un mystérieux enquêteur.
DeathNote - Dark Kana - 12 titres disponibles
www.mangakana.com

Ce manga est publié dans son sens
de lecture originale, de droite à gauche.

Ici, vous êtes donc à la fin.

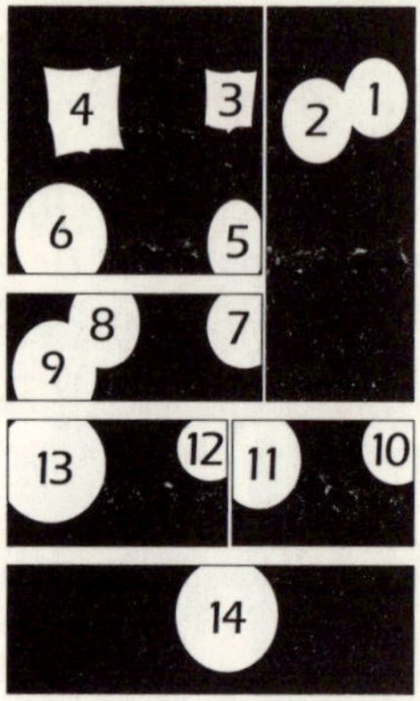

BLUE DRAGON RALΩGRAD

Based on the Xbox 360 game "BLUE DRAGON" published by Microsoft
First published in Japan in 2006 by Shueisha Inc., Tokyo.
French translation rights in France and French-speaking Belgium, Luxembourg, Switzerland and Canada
arranged by SHUEISHA Inc. through VIZ Media, LLC, U.S.A

7, avenue P-H Spaak - 1060 Bruxelles

Dépôt légal d/2009/0086/130
ISBN 978-2-5050-0569-8

Conception graphique : Tango Grafix
Traduit et adapté en français par Sébastien Gesell
Adaptation graphique : Eric Montésinos

Imprimé en France par Hérissey/Groupe CPI - Evreux